LIANGJIN ZHIJI SHIGE YANJIU

两晋之际诗歌研究

孙耀庆 著

东北林业大学出版社
Northeast Forestry University Press
·哈尔滨·

版权专有　侵权必究
举报电话：0451-82113295

图书在版编目（CIP）数据

两晋之际诗歌研究 / 孙耀庆著. —哈尔滨：东北林业大学出版社，2016.12（2025.4重印）
ISBN 978-7-5674-0983-5

Ⅰ. ①两… Ⅱ. ①孙… Ⅲ. ①古典诗歌—诗歌研究—中国—晋代 Ⅳ. ①I207.22

中国版本图书馆 CIP 数据核字（2017）第 015609 号

责任编辑：	赵　侠　王翠燕
封面设计：	宗彦辉
出版发行：	东北林业大学出版社
	（哈尔滨市香坊区哈平六道街6号　邮编：150040）
印　　装：	三河市天润建兴印务有限公司
开　　本：	710 mm×1 000 mm　1/16
印　　张：	12
字　　数：	150 千字
版　　次：	2017 年 9 月第 1 版
印　　次：	2025 年 4 月第 3 次印刷
定　　价：	50.00 元

如发现印装质量问题，请与出版社联系调换。（电话：0451-82113296　82191620）

前　言

　　两晋之际是指从西晋到东晋的过渡时期,是一个模糊的时间概念。本书所讨论的两晋之际,时间上限起于西晋惠帝继位,下限伸至明帝卒年,即从永熙元年(290)到太宁三年(325)这一阶段。其中所涉及的诗人的主要生活经历及文学活动在惠帝中后期到明帝时期。之所以上限起于惠帝继位,是因为一些诗人虽经历了"八王之乱""永嘉之乱""晋室南渡"等重大历史事件,但其出生及成长是在短暂安定的惠帝前期,如此框定有利于更为全面地探讨重大政治变革对其人、其诗的影响。同时,对于一些寿命较长、跨代较久的诗人(如卢谌、葛洪等),本书也主要依据其活动时间来酌情处理。通过对诗人生卒年及生平经历的考察,本书重点论述的诗人有刘琨、卢谌、郭璞、杨方、曹毗、庾阐六位。

　　学界关于曹魏与西晋文学有正始文学研究、太康文学研究,关于东晋文学有玄言文学研究,刘宋文学有元嘉文学研究,齐梁文学有永明文学研究等,而关于两晋之际的文学研究则少之又少。事实上,两晋之际文学上承西晋文学下启东晋文学,起承上启下之作用,是文学史上的重要一环,不可忽略。本书论述的两晋之际的诗歌是两晋文学的重要部分,其承接两晋时期的诗歌研究,对两晋文学的纵向研究具有重要的意义。

目前，关于两晋之际文学的研究，无论是在整体风貌概述还是在专题个案探索方面，都取得了一定的成就。

在整体上对两晋之际文学探究的著作有：刘师培《中国中古文学史讲义》，郭伯恭《魏晋诗歌概论》，王瑶《中古文学史论》，徐公持《魏晋文学史》，曹道衡《魏晋文学》，曹道衡、沈玉成《中古文学史论文集》，陆侃如《中古文学系年》，张可礼《东晋文艺系年》，（日）佐藤利行《西晋文学研究》，罗宗强《魏晋南北朝文学思想史》，詹福瑞《中古文学理论范畴》，等等。

对两晋之际的诗人进行个案研究的著作和论文有：赵天瑞《刘琨集》，聂恩彦《郭弘农集校注》，连镇标《郭璞研究》，钱穆《葛洪年谱》，陈国符《葛洪事迹考证》，倪佩丽《刘琨研究》，梁建徽《刘琨死因考略》，顾农《关于刘琨与卢谌的赠答诗》，田小军《两晋河北作家简论》，姜岩松《卢谌研究》，王贞春《宴游赏玄意颠沛贵真情——卢谌诗文创作研究》，李娜《郭璞的生活与创作》，赵玉霞《郭璞游仙诗中忧患意识研究》，沈海波《郭璞行年考》，赵沛霖《驾鹤仙去：郭璞之死解读》，张可礼《许询生年和曹毗卒年新说》，郎晓斌《论庾阐山水诗的先驱作用》，杨健《别具一格的"中兴之时秀"——论庾阐诗歌创作三论》，等等。

这些研究者对两晋之际的诗人在生平、仕历、事迹的考证上有较为丰硕的成果。其中对刘琨、郭璞二人的研究尤为深入：对刘琨的研究涉及其身世、思想、人格魅力、悲剧成因等方面，对其诗歌研究涉及其诗风及与卢谌的赠答研究两方面，还有其人、其诗对后世影响的研究；对郭璞的研究涉及其生平事迹、道教思想、易学思想、人格构成及悲剧结局等方面，对其诗歌则主要集中在其《游仙诗》的研究上。但也可以看出目前学术界研究的焦点主要聚集在了品格较高、成就较大的诗人及诗歌上，而忽视了个别非著名作家。本书对个别被忽略的作家如杨方、庾阐给予了关注，并最大限度地挖掘此时期诗歌之意蕴。

本书认为，两晋之际文学是两晋文学的重要一环，在内容与诗风上，不仅与建安慷慨之音、正始遥深之旨、太康繁缛之貌一脉相承，而且还进一步地开阔了东晋玄言诗之道路。同时，两晋之际文学又具有其鲜明的特征，是两晋之际战乱、分裂时代环境的产物。敏感的诗人们时时刻刻都在感受着国破家亡、生离死别之痛楚，也由此形成了他们对待人生的三种态度：一是意在提高生命的质量，及时勉励与建功立业；二是延伸生命的长度，求仙访道与归顺自然；三是增加生命的密度，及时行乐与享受生活。第一种人生态度落之于诗歌内容上便是表现亡国的痛楚、祸福的无常、命运的难卜、生命的短暂和人生的无奈；第二种人生态度是对第一种人生态度所形成的悲怆基调的超脱，落之于诗歌内容上便是服食求仙、隐逸访道；第三种人生态度则是对前两种人生态度的有限性的补偿，反映在诗歌中便是纵情山水、闲适享乐。故此时期形成了三种主要诗歌主题，即生死主题、游仙主题和山水主题。

由此，本书力图为两晋之际的诗歌构建出一个较为完整的系统，从横向与纵向两个方向论析此时期诗歌的特征及其在文学史上的地位与作用。

目 录

第一章 两晋之际的社会背景与诗歌创作 ………………… 1
    一 两晋之际的政权更迭 ……………………………… 1
    二 两晋之际的世风变化 ……………………………… 13
    三 两晋之际的士人心态及走向 ……………………… 23
    四 两晋之际诗歌概述 ………………………………… 31

第二章 爱国诗歌探析 …………………………………… 41
    一 黍离之痛 …………………………………………… 41
    二 慷慨之音 …………………………………………… 47
    三 无奈之叹 …………………………………………… 53

第三章 游仙诗歌探析 …………………………………… 60
    一 仙境之游 …………………………………………… 61
    二 列仙之趣 …………………………………………… 69
    三 坎壈咏怀 …………………………………………… 76

第四章 山水诗、爱情诗及其他 ………………………… 82
    一 山水诗探析 ………………………………………… 82

二　爱情诗探析 …………………………………… 89
　　三　闲适诗探析 …………………………………… 93
　　四　赠答诗探析 …………………………………… 96

第五章　两晋之际诗歌纵论 ………………………………… 102
　　一　两晋之际诗歌与建安诗歌 …………………… 102
　　二　两晋之际诗歌与正始诗歌 …………………… 112
　　三　两晋之际诗歌与太康诗歌 …………………… 118
　　四　两晋之际诗歌与东晋玄言诗 ………………… 122

参考文献 ……………………………………………………… 127
附录一　两晋之际诗歌研究综述 …………………………… 130
附录二　李仁老与陶渊明人格精神之比较
　　　　——以《归去来兮辞》为中心 ……………… 154
附录三　刘宋琅琊王氏作家考述 …………………………… 165

第一章 两晋之际的社会背景与诗歌创作

两晋之际战争频仍，上层统治者互相角逐、残杀，百姓流离失所，整个社会呈现出一片混乱的状态。士人不再奉"忠""孝"为至上，诗人更没有优游卒岁的社会环境。从晋惠帝统治开始，一部分士人承续了司马炎统治的西晋前期奢侈骄纵的生活方式，一部分士人则由于社会的不安定因素而转为贪财好货、积累财富，以寻求内心的安全感。这个时期无论是在政治上还是在社会思想上，社会都处于复杂纠缠的状态，因而，有必要对这一时期的社会情况做一下梳理。

一 两晋之际的政权更迭

永熙元年（290），晋武帝司马炎驾崩，晋惠帝司马衷即位，由太傅杨骏辅政。杨骏掌权之后滥用职权，行无准则，不分轻重。他自知素无美望，便效仿魏明帝即位的做法，普进封爵以求媚于众。左军将军傅祗劝杨骏："未有帝王始崩，臣下论功者也。"① 杨骏全然不听。"丙子，诏中外群臣皆增位一等，预丧事者增二等。二千石已上皆封关中侯，复租调一年。"② 散骑常侍石崇、散骑侍郎何攀也上奏，劝谏杨骏："帝正位东宫二十余年，今承大业，而班赏行爵，优于泰始革命之初及诸将平吴之功，轻重不称。且大晋卜世无穷，今之开制，当垂于后，若有爵必进，则数世之后，莫非公侯矣。"③ 杨骏仍然不从。杨骏的专权自恣引起了贾南风的不满。元康元年（291），贾后与楚王司马玮合谋杀死了杨骏，但政权却落在了汝南王司马亮和元老卫瓘手中。贾后未从中获利，于是又使楚王玮杀汝南王亮，然后反诬楚王玮矫诏擅杀大臣，将玮处死。

从元康元年（291）到永康元年（300），贾后专政。贾后既残暴又荒淫。"初，贾后之为太子妃也，尝以妒，手杀数人，又以戟掷孕妾，子随刃堕。"④ "贾后淫虐日甚，私于太医令程据等；又以箧箱载道上年少入宫，复恐其漏泄，往往杀之。"⑤ 她的荒淫行径令人发指，甚至连依靠她的亲属贾模都"恐祸及己，甚忧之"⑥。元康九年（299），贾后废掉太子司马遹，并在永康元年（300）将其杀死。"太子既废，众情愤怒。"⑦ 特别是宗室对贾后的专横行径早已心怀不满，于是赵王伦与梁王肜等举兵废杀贾后，并杀了张华、裴頠等人。

永康二年（301），赵王伦废惠帝，自立为帝。司马伦庸愚不堪，凡事都听从于孙秀，使得孙秀威震于朝廷，于是"天下皆事秀而无求

---

① （宋）司马光：《资治通鉴》第6册，中华书局1956年版，第2600页。
② 同①，第2601页。
③ 同②。
④ 同①，第2604页。
⑤ 同①，第2628页。
⑥ 同⑤。
⑦ 同①，第2638页。

于伦"①。"伦及诸子皆顽鄙无识,秀狡黠贪淫,所与共事者,皆邪佞之士,惟竞荣利,无深谋远略,志趣乖异,互相憎嫉。秀子会为射声校尉,形貌短陋,如奴仆之下者,秀使尚帝女河东公主。"②这样的庸愚之人及狡诈之徒掌权,必然会引起群臣共愤。于是齐王冏联合成都王颖、河间王颙、长沙王乂诛伦,扶惠帝复位。政权又落到齐王冏手里,这也是一个纵于声色之徒。"冏耽于宴乐,不入朝见;坐拜百官,符敕三台;选举不均,嬖宠用事。殿中御史桓豹奏事,不先经冏府,即加考竟。"③齐王冏完全沉溺于荒淫享乐之中,不理政事,执政自然不会长久。加之与其一起反叛者不满于司马冏独自操控政权,必会结盟其他宗室群起而攻之。

永宁二年(302),河间王颙联合长沙王乂等举兵攻冏,并杀冏。太安二年(303),河间王颙又联合成都王颖共攻乂,东海王越半路杀入。永兴元年(304),越、颙、颖之间混战;永兴二年(305),越又起兵攻颙、颖。这四年主要由司马颖与司马颙掌权。司马颖骄纵僭侈、不务正业。"颖恃功骄奢,百度弛废,甚于冏时。"④ "太弟颖僭侈日甚,嬖幸用事,大失众望。"⑤ 司马颖听信谗言、不辨忠良,杀害陆机、陆云兄弟。当孟玖向他进谗言说:"机有二心于长沙。"⑥他大怒,便使孙秀率兵杀害陆机,并将陆云下狱。当记室江统、陈留蔡克、颍川枣嵩等上疏,以为"陆机浅谋致败,杀之可也。至于反逆,则众共知其不然。宜先检校机反状,若有征验,诛云等未晚也"⑦。司

---

① (宋)司马光:《资治通鉴》第6册,中华书局1956年版,第2642页。
② 同①,第2646页。
③ 同①,第2670-2671页。
④ 同①,第2683页。
⑤ 同①,第2695页。
⑥ 同①,第2688页。
⑦ 同⑤。

马颖也全然不听,最终还是将陆云也杀了。此外,司马颖最不可原谅之处是他引狼入室,"表匈奴左贤王刘渊为冠军将军,监五部军事,使将兵在邺。渊子聪,骁勇绝人,博涉经史,善属文,弯弓三百斤;弱冠游京师,名士莫不与交。颖以聪为积弩将军"①。这直接导致了后来刘渊称帝,胡族肆虐中原。司马颙更是一个优柔寡断、无智无谋之人。"初,太弟中庶子兰陵缪播有宠于司空越;播从弟右卫率胤,太宰颙前妃之弟也。越之起兵,遣播、胤诣长安说颙,令奉帝还洛,约与颙分陕为伯。颙素信回放兄弟,即欲从之。张方自以罪重,恐为诛首,谓颙曰:'今据形胜之地,国富兵强,奉天子以号令,谁敢不从,奈何拱手受制于人!'颙乃止。及刘乔败,颙惧,欲罢兵,与山东和解。恐张方不从,犹豫未决。"②最后,司马颙决定还是杀死张方并"送方头于司空越以请和"③,可司马越并没有领情,也没有停止对司马颙的追击,后来还是将司马颙杀了。

光熙元年（306）,司马越攻入长安,杀成都王颖,又毒死惠帝,拥立晋怀帝司马炽,次年春天改元永嘉,至此司马越专政。司马越专权恣肆,杀害异己,失去民心,命将士护卫自己的府中而置朝堂于不顾。"帝之为太弟也,与中庶子缪播亲善,及即位,以播为中书监,缪胤为太仆卿,委以心膂;帝舅散骑常侍王延、尚书何绥、太史令高堂冲,并参机密。越疑朝臣贰于己,刘舆、潘滔劝越悉诛播等。越乃诬播等欲为乱,乙丑,遣平东将军王秉,帅甲士三千入宫,执播等十余人于帝侧,付廷尉,杀之。帝叹息流涕而已。"④ "太傅越既杀王延

---

① （宋）司马光:《资治通鉴》第6册,中华书局1956年版,第2698页。
② 同①,第2717页。
③ 同①,第2718页。
④ 同①,第2741页。

等，大失众望。"① "越表以行台自随，用太尉衍为军司，朝贤素望，悉为佐吏，名将劲卒，咸入其府。于是宫省无复守卫，荒馑日甚，殿内死人交横；盗贼公行，府寺营署，并掘堑自守。"② 永嘉五年（311），司马越忧愤成疾，将后事托付于王衍。同年三月，司马越身死于项城，至此"八王之乱"终结。

永宁二年（302），河间王颙联合长沙王乂等举兵攻冏之时，"李雄攻杀汶山太守陈图，遂取郫城"③。太安二年（303），河间王颙联合成都王颖共攻乂之时，氐人李雄攻入成都。永兴元年（304），司马颖使匈奴刘渊将兵在邺城，使刘渊的势力壮大起来，最后叛晋，自称汉王，上尊汉高祖与昭烈帝。此时，羯人石勒、王弥，鲜卑慕容族也率军队乘虚流窜，抢劫财富，掳掠汉族少女，蹂躏大河南北。

永嘉二年（308），刘渊自立于平阳，建立汉国。两年后，其子刘聪继立，派刘曜率兵四万攻洛阳。此时在北方抵抗匈奴势力的有刘琨、王浚等人。刘琨使上党太守刘惇帅鲜卑攻壶关，汉镇东将军綦毋达战败亡归。永嘉三年（309），匈奴刘虎与白部鲜卑皆附于汉。"刘琨自将击虎，刘聪遣兵袭晋阳，不克。"④ 之后刘琨又与鲜卑拓跋猗卢结好，表司马越请求出兵讨伐刘聪、石勒，"越忌苟晞及豫州刺史冯嵩，恐为后患，不许"⑤。之后，晋怀帝以苟晞讨东海王越。永嘉五年（311），司马越病死，王衍率兵还东海国，为石勒所破，晋军力量大削。之后刘聪又派王弥、刘曜、石勒攻洛阳，城陷，杀王公士民三万余，并掳怀帝北去，史称"永嘉之乱"。

---

① （宋）司马光：《资治通鉴》第 6 册，中华书局 1956 年版，第 2755 页。
② 同①，第 2755 页。
③ 同①，第 2682 页。
④ 同①，第 2744—2745 页。
⑤ 同①，第 2753 页。

"永嘉之乱"导致海内大乱，只有江东较为安稳，于是士民多南渡避乱。"镇东司马王导说琅邪王睿收其贤俊，与之共事。睿从之，辟掾属百余人，时人谓之百六掾。以前颍川太守勃海刁协为军咨祭酒，前东海太守王承、广陵相卞壶为从事中郎，江宁令诸葛恢、历阳参军陈国陈頵为行参军，前太傅掾庚亮为西曹掾。"①晋怀帝被掳去之后，"汉主刘聪封帝为会稽郡公，加仪同三司。聪从容谓帝曰：'卿昔为豫章王，朕与王武子造卿，武子称朕于卿，卿言闻其名久矣，赠朕柘弓银研，卿颇记否？'帝曰：'臣安敢忘之？但恨尔日不早识龙颜！'聪曰：'卿家骨肉何相残如此？'帝曰：'大汉将应天受命，故为陛下自相驱除，此殆天意，非人事也！且臣家若能奉武皇帝之业，九族敦睦，陛下何由得之！'"②且不说君臣位置的互调使晋怀帝心中所产生的落差，单说他为了苟活于世而不得不向逼害自己的仇人谄媚，其中的滋味可想而知。建兴元年（313）正月，汉主刘聪在极光殿宴请群臣，竟使晋怀帝着青衣行酒，故旧大臣庾珉、王俊等备感委屈悲愤，因此号哭起来。刘聪也因此而反感起他们。同年二月刘聪杀死了珉、俊等故晋臣十余人，怀帝亦遇害。同年四月，怀帝遇害消息传到长安，司马邺遂登位为愍帝，改元建兴，都长安。"是时长安城中，户不盈百，蒿棘成林；公私有车四乘，百官无章服、印绶，唯桑版署号而已。"③建兴四年（316），匈奴刘曜攻陷长安，愍帝出降，被掳至平阳，至是西晋亡。"司空长史李弘也以并州降石勒。刘琨进退失据，不知所为，段匹磾遣信邀之，己未，琨帅众从飞狐奔蓟。匹磾见琨，甚相亲重，与之结婚，约为兄弟。"④二人期以翼戴晋室。

---

① （宋）司马光：《资治通鉴》第6册，中华书局1956年版，第2766页。
② 同①，第2777—2778页。
③ 同①，第2794页。
④ 同①，第2838—2839页。

建武元年（317），宋哲到达建康，称受愍帝诏，令丞相琅琊王司马睿掌管政事，于是司马睿在江东称晋王。太兴元年（318），愍帝被杀的消息传到建康，司马睿正式称帝。北方，"五月，段匹磾称诏收琨，缢杀之，并杀其子侄四人。琨从事中郎卢谌、崔悦等帅琨余众奔辽西，依段末柸，奉刘群为主"①。南方，彼时王导于内辅政，把握着朝堂大权，王敦于外征战，掌管着军政大权，其他王氏子弟也布列显要，时人谓之"王与马，共天下"。晋元帝对大权旁落不满，以刘隗、刁协、戴渊等为心腹，企图排斥王氏权势。于是王敦于永昌元年（322）以诛刘隗为名，在武昌起兵，直扑建康。王导为保全王氏家族利益，暗助王敦。王敦攻入建康，杀戴渊等，刘隗投奔石勒。同年闰十一月，晋元帝忧愤病逝。庚寅，晋明帝司马绍继位。太宁元年（323），王敦谋求篡位，时"王敦从子允之，方总角，敦爱其聪警，常以自随。敦常夜饮，允之辞醉先卧。敦与钱凤谋为逆，允之悉闻其言。即于卧处大吐，衣面并污。凤出，敦果照视，见允之卧于吐中，不复疑之。会其父舒拜廷尉，允之求归省父，悉以敦、凤之谋白舒。舒与王导俱启帝，阴为之备"②。太宁二年（324），王敦患病，"司徒导闻敦疾笃，帅子弟为敦发哀，众以为敦信死，咸有奋志"③。及至王敦病情转坏，不能自将，"将举兵伐京师之时，使记室郭璞筮之，璞曰：'无成。'敦素疑璞助温峤、庾亮，及闻卦凶，乃问璞曰：'卿更筮吾寿几何？'璞曰：'思向卦，明公起事，必祸不久。若住武昌，寿不可测。'敦大怒曰：'卿寿几何？'曰：'命尽今日日中。'敦乃收璞，斩之"④。之后王敦命王含出军，王含等水陆五万兵马于江宁南

---

① （宋）司马光：《资治通鉴》第7册，中华书局1956年版，第2859页。
② 同①，第2918页。
③ 同①，第2924页。
④ 同①，第2925页。

岸被温峤所败，王敦听到兵败之消息大怒，病情加重，寻卒。王敦之死使得晋军大振，沈充、钱凤接连战败，并在战斗中被杀；王含、王应父子二人逃到荆州投奔荆州刺史王舒，王舒最后将王含、王应沉入江中淹死，由此王敦叛乱终结。太宁三年（325），晋明帝司马绍驾崩。

通过对两晋之际政权更迭的梳理，我们不难看出，此时期的政治呈现出一个明显的特点：政权易主时间快。先看西晋后期，自晋武帝司马炎死后杨骏专权一年，贾后专权十年，赵王伦掌权一年，齐王冏掌权一年，长沙王乂、河间王颙、成都王颖共掌权四年，东海王越掌权六年。再看东晋，晋元帝司马睿掌权六年，司马绍掌权四年。从这几位掌权者专权时间来看，除了贾后时间稍长一点外，其他时间都不长。那为什么政权易主这么快？先看西晋，从统治者角度来说原因有以下几点：第一，晋武帝司马炎在位之时就已开始怠政，平吴战争胜利后，武帝"遂怠于政术，耽于游宴，宠爱后党，亲贵当权"①，于是让杨骏等外戚有机可乘。第二，惠帝"不慧"，使得宗室外戚专权膨胀。惠帝在华林园听到蛤蟆，竟谓左右曰："此鸣者为官乎，为私乎？"② 在百姓无粟米充饥之时，竟问道："何不食肉糜？"③ 这样一个昏庸皇帝根本不能掌控、平衡局面，所以才使得宗室和外戚权力膨胀，互相争斗。第三，从掌权的宗室来看，无论是赵王伦、齐王冏还是长沙王乂、河间王颙、成都王颖、东海王越都是庸愚之人，其人格气质存在着严重的缺陷，杀害异己，骄横恣肆，耽于享乐，不理朝政，委用奸佞小人，使得百业弛废，大失众望。而贾后之所以能专权

---

① （唐）房玄龄：《晋书》第 1 册，中华书局 1974 年版，第 80 页。
② 同①，第 108 页。
③ 同②。

时间稍长一点，是因为其专权时期在朝堂之上士族、庶族、外戚的力量达到了暂时的平衡。"贾谧与后共谋，以张华庶族，儒雅有筹略进无逼上之嫌，退为众望所依，欲倚以朝纲。疑而未决，以问裴颜，颜素重华，深赞其事。华遂尽忠匡辅，弥缝补阙，虽当暗主虐后之朝，而海内晏然，华之功也。"① 张华、裴颜皆儒雅正直、深谋远虑之人，他们掌管机要、尽忠晋室，在一定程度上抑制了上层统治者的浮华荒淫之风，也按捺住了欲兴风作浪之人的蠢蠢欲动之心，使得摇摇欲坠的晋室获得了短暂的稳定。

再看东晋初期，晋元帝司马睿、晋明帝司马绍统治时间较短的原因有如下几点：（1）刚刚南渡之后，晋元帝所面临的是内忧外患。"二年春正月丁卯，崇阳陵毁，帝素服哭三日；使冠军将军梁堪、守太常马龟等修复山陵。迎梓宫于平阳，不克而还。"② "夏四月，龙骧将军陈川以浚仪叛。降于石勒。太山太守徐龛以郡叛，自号兖州刺史，寇济岱。秦州刺史陈安叛，降于刘曜。"③ "五月癸丑，太阳陵毁，帝素服哭三日。徐杨及江西诸郡蝗。吴郡大饥。平北将军祖逖及石勒将石季龙战于浚仪，王师败绩。"④ 在内是一个百废待兴的烂摊子，"天下凋敝，加以灾荒，百姓困穷，国用并匮，吴郡饥人死者百数"⑤；在外被刘渊、石勒、慕容廆等步步紧逼，而晋元帝的军队一败再败，甚至投降叛变到敌军，这使晋元帝绝望透顶了。之后石勒攻陷襄城、城父，保卫围谯，攻破祖约别军。终于，晋元帝在闰月因忧愤而病死。（2）王敦谋反催化了晋明帝统治的终结。太宁元年（323），

---

① （唐）房玄龄：《晋书》第4册，中华书局1974年版，第1072页。
② （唐）房玄龄：《晋书》第1册，中华书局1974年版，第151页。
③ 同②，第151-152页。
④ 同②，第152页。
⑤ 同④。

王敦谋求篡位,讽谏朝廷征召自己,司马绍不得不手诏征召王敦,又拜受加黄钺、班剑武贲二十人,奏事不名,入朝不趋,剑履上殿。王敦到姑孰时,司马绍又派侍中阮孚设牛酒犒劳王敦,但王敦却称病不见,只派主簿接受,不久王敦自任扬州牧。身为一代君主却要遭到人臣如此傲慢的对待,其中的难过、痛苦不言而喻,伤神必及伤身,明帝也最终于太宁三年(325)驾崩。

同时,我们也可以发现东晋初期和西晋后期稍有不同的是虽有权臣但仍是皇帝掌权,而西晋后期掌权的却是外戚和宗室。这是为什么呢?这主要是由皇帝自身之能力与辅政大臣之取向所决定。看西晋后期皇帝,惠帝"不慧",无法掌控局面。怀帝是由东海王司马越扶上皇位的,只是一个傀儡,操控政权的仍然是司马越。愍帝则是在怀帝被害消息传到长安后被群臣扶立为帝,即位还不到一年,在刘曜围攻长安时便出降了,所以西晋后期操纵政权的是外戚和宗室。再看东晋初期,南渡以后政局虽然不稳,但司马睿、司马绍却不是昏庸之主。"(元)帝性简俭冲素,容纳直言,虚己待物。初镇江东,颇以酒废事,王导深以为言,帝命酌,引觞覆之,于此遂绝。"① "(明)帝聪明有机断,尤精物理。于时兵凶岁饥,死疫过半,虚弊既甚,事极艰虞。属王敦挟震主之威,将移神器。帝骑驱遵养,以弱制强,潜谋独断,廓清大昆。改授荆、湘等四州,以分上流之势,拨乱反正,强本弱枝。虽享国日浅,而规模弘远矣。"② 此外,在晋元帝和晋明帝统治时期,有一批富有军事才能、得力能干的忠臣,如陶侃、温峤等。陶侃聪敏恭勤,"在广州无事,辄朝运百甓于斋外,暮运于斋内。人问

---

① (唐)房玄龄:《晋书》第1册,中华书局1974年版,第157页。
② 同①,第165页。

其故，答曰：'吾方致力中原，过尔优逸，恐不堪事。'"① 温峤严谨廉洁，"太宁初，自彭城移屯泗口。王含反，遐与苏峻俱赴京都。含败，随丹阳尹温峤追含至于淮南，遐颇放兵掳掠。峤曰：'天道助顺，故王含翦绝，不可因乱为乱也。'"② 由此可见，君主、大臣、大将是一个国家兴盛衰亡的重要影响因素。君主励精图治，大臣聪明恭谨、克勤克俭，大将骁勇善战、富于谋略、忠于王室，这样才能使王朝安定；反之，三个因素中任意一个不具备都极有可能导致一个王朝的灭亡。

政权频繁易主，兵祸接连不断，再加之旱涝灾害频繁，疾疫流行，百姓流离失所，哀鸿遍野，甚至在宁州、雍州等地区发生流民暴动。这在《晋书》与《资治通鉴》中均有详细的记载。以下是《资治通鉴》所载：

> 永熙八年，秋，九月，荆、豫、徐、扬、冀五州大水。及齐万年反，关中荐饥，略阳、天水等六郡民流移就谷入汉川者数万家，道路有疾病穷乏者……流民至汉中，上书求寄食巴、蜀，朝议不许。
>
> 元康七年，秋，七月，雍、秦二州大旱，疾疫，米斛万钱。
>
> 永宁元年，时流民布在梁、益，为人佣力，闻州郡逼遣，人人愁怨，不知所为；且水潦方盛，年谷未登，无以为行资。
>
> 太安二年，秋，七月，李流徙屯郫。蜀民皆保险结坞，或南入宁州，或东下荆州。城邑皆空，野无烟火，流掳掠无所得，士众饥乏。
>
> 永兴元年，于时流民有荆州者十余万户，羁旅贫乏，多为盗

---

① （唐）房玄龄：《晋书》第 6 册，中华书局 1974 年版，第 1773 页。
② （唐）房玄龄：《晋书》第 7 册，中华书局 1974 年版，第 2130 页。

贼，弘大给其田及种粮，擢其贤才，随资叙用，流民遂安。

光熙元年，宁州频岁饥疫，死者以十万计。五苓夷强盛，州兵屡败。吏民流入交州者甚众，夷遂围州城。

永嘉四年，雍州流民多在南阳，诏书遣还乡里。流民以关中荒残，皆不愿归。

建兴四年，（刘）曜攻陷长安外城，麹允、索綝退守小城以自固。内外断绝，城中饥甚，米斗直金二两，人相食，死者太半，亡逃不可制，唯凉州义众千人，守死不移。

永昌元年，兖州刺史郗鉴在邹山三年，有众数万。战争不息，百姓饥馑，掘野鼠、蛰燕而食之，为后赵所逼，退屯合肥。

以上描述是对两晋之际旱涝灾害、疾疫灾害与流民困苦生活情况的部分罗列，总结一下主要有两点：一是战争、灾疫使得流民遍布，甚至发生食人现象；二是面对饥疫及政府的置之不理，流民开始奋起反抗，形成一股强大的势力，甚至演化成起义。流民成了影响社会稳定的一个重要因素。流民首领如李特就利用流民的愤怒，发起反抗，不久便攻克成都，后其子嗣称帝，如此便使西晋领土更加四分五裂，而彼此之间所进行的战争也加速了西晋的灭亡。

这样政权频繁易主的情况也打破了正常的入仕格局，使得中下层士族和寒微士人跻身于上层社会。两晋时期仕人登入仕途的方式有公府辟召、郡国察举、由曹掾积累而升、世胄承袭而用，等等。上层士族从小接受良好的贵族教育，再加之父辈的举荐或被同门子弟、同等阶层的人赏誉，很容易入仕。而对于中下层士族、寒微士人来说就投之无门，难上加难。而政权的频繁更迭以及风云变幻的局面，使得一些上层士族的入仕热情减退。他们或者对政局持观望态度，不敢贸然应辟，或者由于自身权位的高华不愿为外戚或宗室所用而避而远之。

《晋书·王戎传》："齐王冏起义，孙秀禄戎于城内，赵王伦子欲取戎为军司。博士王繇曰：'狡诈多端，安肯为少年所用？'乃止。"① 由此可见，诸如王戎这样的上层士族很难被外戚或宗室所用。由是，外戚和宗王就把目光转向了中下层士人或寒微士人。首先，外戚和宗王想要在争夺中获得胜利，就会从中下层士族和寒微士人中辟召才能之士。其次，战乱的政治局面也为一些人提供了飞黄腾达的机会。如温羡，就是出身于门第并不算高华之家，其父恭，只是济南太守。"（羡）少以朗寤见称，齐王攸辟为掾，迁尚书郎。惠帝即位，拜豫州刺史，入为散骑常侍，累迁尚书。及齐王冏辅政，以羡攸之故吏，意特亲之，转吏部尚书……其后以从驾讨成都王颖有勋，封大陵县公，邑千八百户……惠帝之幸长安，以羡为中书令，不就。及帝还洛阳，征为中书监，加散骑常侍。未拜，惠帝崩。怀帝即位，迁左光禄大夫、开府、领司徒。"② 正常的入仕格局被打破，中下层士族和寒微士人进入政治权力核心，于是便开始聚敛财富，在极大程度上助长了掌权者已有的奢侈之风，促使了浮华奢靡士风的形成。

二　两晋之际的世风变化

西晋时，上层士族在物质上耽于享受，崇尚豪奢之风，在精神上以谈玄为务，使得玄风弥漫，世风低迷。晋室南渡，统治者汲取前朝

---

① （唐）房玄龄：《晋书》第4册，中华书局1974年版，第1234页。
② （唐）房玄龄：《晋书》第6册，中华书局1974年版，第1266-1267页。

灭亡之教训，开始励精图治，倡导节俭之风，并反思、遏制玄风，以新教化。

（一）奢靡世风向节俭世风转变

西晋士族大都雍容骄奢、生活放纵，于是在上层社会奢侈之风盛行。这样的奢侈之风，主要表现在追求声色、聚敛财物上。这样的风气既存在在晋室之中，也泛滥于胡族之内。

奢侈之风古已有之，晋室从晋武帝司马炎开始就已广聚女色。泰始九年（273），"（晋武帝）诏选公卿以下女备六宫，采择未毕，劝禁天下嫁娶"①。晋武帝为了满足一己之声色，竟然在自己选取美女之前禁止他人嫁娶，真是霸道。除此之外，晋武帝还聚敛钱财以供享用。"帝尝南郊，礼毕，喟然问毅曰：'卿以朕方汉何帝也？'对曰：'可方桓、灵。'帝曰：'吾虽德不及古人，犹克己为政。又平吴会，混一天下。方之桓、灵，其已甚乎！'对曰：'桓、灵卖官，钱入官库；陛下卖官，钱入私门。以此言之，殆不如也。'"② 在刘毅看来，晋武帝甚至都比不上桓、灵二帝，彼二子至少能将卖官的钱归为国有，而晋武帝则收为己用，如此收敛财富，只是为了满足其奢靡的生活，这样纵恣声色的后果就是"遂致成疾"。在西晋后期，这样的奢靡风气不但没有减弱反而愈盛。一些上层统治者为了满足和维持自己的奢侈生活，以各种方法来谋求钱财。"东宫（司马遹）月俸钱五十万，太子常探取二月，用之犹不足。又令西园卖葵菜、蓝子、鸡、面

---

① （唐）房玄龄：《晋书》第 1 册，中华书局 1974 年版，第 63 页。
② （唐）房玄龄：《晋书》第 4 册，中华书局 1974 年版，第 1271 页。

等物而收其利。"① 据说,太子司马遹练就了一种以手称物的本领:"(太子)或废朝侍而纵游逸,于宫中为市,使人屠酤,手揣斤两,轻重不差。"② 读来不觉发笑,堂堂一个太子,不以经国大事为业,反而每天想办法卖些宫中的葵菜、蓝子、鸡、面去赚钱。俸钱不足以支撑其奢侈的生活时,竟出此下策,可见自尊、自立等人格品质远远没有其奢侈生活重要。

上行下效,掌权者的奢靡生活直接导致了臣子的汰侈风气。晋武帝时期的何曾就生活奢华,"(何)曾日食万钱,犹云无下箸处"③。何曾的生活用度甚至超过了人主,司隶校尉东莱刘毅数次劾奏曾侈靡无度,司马炎竟以其为重臣为由不加过问。一人如此,整个家族皆如此,"子劭,日食二万,绥及弟机、羡,汰侈尤甚"④。生于官宦富贵之家的刘舆、刘琨兄弟也是"素奢豪,喜声色"。《晋书·刘舆传》:"(王)延爱妾荆氏有音伎,延尚未殓,舆便娉之。"⑤ 由此可见刘舆为了追求女色,全然不顾及彼女子的身份及处境。刘琨喜欢吹奏胡笳,"河南徐润者,以音律自通,游于贵势,琨甚爱之,署为晋阳令。润恃宠骄恣,干预琨政。奋威护军令狐盛性亢直,数以此为谏,并劝琨除润,琨不纳……徐润又谮令狐盛于琨曰:'盛将劝公称帝矣。'琨之不察,便杀之"⑥。刘琨如此宠爱精通音律的徐润,不查明真相,只凭一己之喜好来判断是非,与其平素过惯豪奢的生活、养成轻狂傲慢的性格有关。又如山涛之子山简,在永嘉三年(309),出为征南将军之时,"优游卒岁,唯酒是耽。诸习氏,荆土豪族,有佳园池,简每

---

① (宋)司马光:《资治通鉴》第6册,中华书局1956年版,第2632—2633页。
② 同①,第2632页。
③ 同①,第2741页。
④ 同③。
⑤ (唐)房玄龄:《晋书》第6册,中华书局1974年版,第1692页。
⑥ 同⑤,第1681页。

出嬉游，多之池上，置酒辄醉，名之曰高阳池"①。不同于其他几人的纵于声色，山简酷爱喝酒，这或许是他在四方寇乱、天下分崩、王威不振之时所做的消极反抗，也或许是逃避乱糟糟现实的一种方法，但终日嬉游、每每醉酒终归还是奢靡低沉生活的一种体现。

除了晋室酷爱豪奢，胡族亦如此，主要表现在广聚女色、浪费财物、田猎无度、大兴宫殿等方面。刘聪在呼延皇后死之后，先纳刘殷二女为左右贵嫔，位在昭仪之上，又纳殷女孙四人为贵人，位次贵嫔。接着，又纳中护军靳准二女月光、月华为左右贵嫔，数月之后又立月光为皇后。后宫美女如云，于是刘聪便"游宴后宫，或三日不醒，或百日不出"②。如此看来，天下军国之事均与自己无关，刘聪更关心的是如何广聚美女，耽于声色。此外，他还田猎无度。《晋书·刘聪载记》："聪游猎无度，常晨出暮归，观渔于汾水，以烛继昼。"③当中军王彰劝他要有所收敛之时，他竟大怒，杀了王彰。刘聪骁勇善战，可是一旦成为国主便骄纵起来，听不进忠言，开始怠政，大兴奢侈之风。刘曜则喜于大兴宫殿、爱好搏斗。"作酆明观及西宫，起陵霄台于滈池，又于霸陵西南营寿陵。"④ "赵主曜专与嬖臣饮博，不抚士卒；左右或谏，曜怒，以为妖言，斩之。"⑤ 天生勇武的刘曜，虽不像刘聪那样好色，却好大喜功。

整个贵族阶层对奢侈生活的追求带来了世风的低沉萎靡，也使世人好货，唯钱是图。南阳鲁褒作《钱神论》："钱之为体，有干、坤之象，亲之如兄，字曰孔方。无德而尊，无势而热，排金门，入紫闼。

---

① （唐）房玄龄：《晋书》第 4 册，中华书局 1974 年版，第 1229 页。
② （宋）司马光：《资治通鉴》第 6 册，中华书局 1956 年版，第 2826 页。
③ （唐）房玄龄：《晋书》第 9 册，中华书局 1974 年版，第 2661 页。
④ （宋）司马光：《资治通鉴》第 6 册，中华书局 1956 年版，第 2881 页。
⑤ 同④，第 2864 页。

危可使安，死可使活，贵可使贱，生可使杀。是故忿争非钱不胜，幽滞非钱不拨，怨仇非钱不解，令闻非钱不发。洛中朱衣、当涂之士，爱我家兄，皆无已已，执我之手，抱我终始，凡今之人，惟钱而已！"① 便是对当时世风的有力讽刺。

晋室南渡之后，东晋君臣开始反思，认识到西晋灭亡的一个重要原因就是上层统治者的不务正业，耽于享受，大兴奢侈之风。历经劫难，目睹了到处疮痍的景象，东晋君臣开始收敛，摒弃奢靡的世风，励精图治，积极地匡扶王朝。

首先，就国君来说，元帝就十分节俭，而且能容纳直言。"有司尝奏太极殿广室施绛帐，（元）帝曰：'汉文集上书皂囊为帷。'遂令冬施青布，夏施青练帷帐。将拜贵人，有司请市雀钗，帝竟以烦费不许。所幸郑夫人衣无文彩。从母弟王旷为母立屋过制，元帝流涕止之。"② 元帝深知国之破碎，百姓流离失所，民生凋敝，财货之可贵，故能如此恭俭。明帝亦节俭，在垂危之际，下诏："不幸之日，敛以时服，一遵先度，务从简约，劳众崇饰，皆勿为也。"③ 命令臣下要简约处理丧事，切勿劳民伤财，心系国之安危、民生之疾苦。

其次，再看重臣，他们摒弃奢侈，力从节俭。这些重臣倡导节俭之风主要是从自身做起、规劝国君节俭、训诫群下节俭这三方面来实现的。

从自身做起，为他人做表率。如王导"简素寡欲，仓无储谷，衣不重帛"④，因而"虽无日用之益，而岁计有余"⑤。在身处"帑藏空

---

① （宋）司马光：《资治通鉴》第6册，中华书局1956年版，第2629-2630页。
② （唐）房玄龄：《晋书》第1册，中华书局1974年版，第157页。
③ 同②，第165页。
④ （唐）房玄龄：《晋书》第6册，中华书局1974年版，第1752页。
⑤ 同④，第1751页。

竭，库中惟有练数千端，鬻之不售，而国用不给"①的尴尬境地之时，王导"乃与朝贤俱制练布单衣，于是士人翕然竞服之，练遂踊贵。乃令主者出卖，端至一金"②。王导以自身为表率制练布单衣，使士人皆穿练布之衣，为国库积累财富，渡过帑藏不足的危难境地。王导之子王悦也崇尚节俭之风。据史书记载，王导帐下有甘果"不忍食，至春烂败"，只好让下人扔掉，但还特意叮嘱"勿使大郎知"③。估计儿子王悦连腐烂的甘果都不会让扔掉，王导只有命下人偷偷处理掉，王悦崇尚节俭可见一斑。

规劝国主节俭。如元帝始过江，嗜酒如命。王导见之，常流涕谏，元帝乃许之，命酌酒一酣，至此遂断，不再喝酒。王导"每劝帝克己励节，匡主宁邦"④。温峤在太子起西池楼观，颇为劳费之时，便上疏"以为朝廷草创，巨寇未灭，宜应俭以率下，务农重兵"⑤，并为太子所接纳。

倡导节俭世风，上行下效。重臣责罚喜豪奢之人，抑制浮夸之风，百姓方能勤心农植，安定自足。如温峤就曾弹劾有重名却颇聚敛的散骑常侍庾敳，使京都振肃。又如陶侃，"尝出游，见人持一把未熟稻，侃问：'用此何为？'人云：'行道所见，聊取之耳。'侃大怒曰：'汝既不田，而戏贼人稻！'执而鞭之"⑥。还有，在兵士造船时，陶侃命令把木屑及竹头都保存好，兵士咸不解所以。后"积雪始晴，听事前余雪犹湿，于是以屑布地。及桓温伐蜀，又以侃所贮竹头作丁

---

① （唐）房玄龄：《晋书》第 6 册，中华书局 1974 年版，第 1751 页。
② 同①。
③ 同①，第 1754 页。
④ （唐）房玄龄：《晋书》第 1 册，中华书局 1974 年版，第 157 页。
⑤ 同①，第 1785 页。
⑥ 同①，第 1774 页。

装船"①。既可看出陶侃心思缜密、长于精打细算，又可折射出整个东晋初期世人重节俭而不再崇尚奢侈的风气。

（二）玄风盛行及反思玄风

两晋的社会思潮也发生了一定程度的改变，西晋后期承前期之老庄玄风，表现于生活方式上多浮夸而放诞。东晋初期则对玄风开始反思，并崇儒以新俗化，表现于处世态度上多经世而致用。钟嵘《诗品·序》："永嘉时，贵黄老，稍尚虚谈，于时篇什，理过其辞，淡乎寡味。爰及江表，微波尚传……"② 从钟嵘的话中我们可以知道两点：一是在永嘉时期，玄风仍然盛行，士人崇尚清谈玄虚；二是晋室刚刚南渡之后，玄风只是"微波尚传"，士人开始反思、摒弃玄风。

西晋后期，士人仍喜谈玄。王衍就好咏玄虚。《晋书·王衍传》："（王衍）妙善玄言，唯谈《老》《庄》为事。每捉玉柄麈尾，与手同色。义理有所不安，随即改更，世号'口中雌黄。'朝野翕然，谓之'一世龙门'矣……衍尝丧幼子，山简吊之。衍悲不自胜，简曰：'孩抱中物，何至于此！'衍曰：'圣人忘情，最下不及于情。然则情之所钟，正在我辈。'简服其言，更为之恸。"③ 乐广也喜谈玄，《晋书·乐广传》："尤善谈论，每以约言析理，以厌人之心，其所不知，默如也。"④ 而此时的酷爱谈玄之人与之前嵇康、阮籍等人不同的是他们并非追求精神上的自由，也并非寻找一种脱俗的超然境界。事实上，他们是"金玉其外，败絮其中"，既求名也求利，只是借用老庄思想来

---

① （唐）房玄龄：《晋书》第 6 册，中华书局 1974 年版，第 1774 页。
② （梁）钟嵘著，周振甫译注：《诗品译注》，中华书局 1998 年版，第 17 页。
③ 同①，第 1236-1237 页。
④ 同①，第 1243 页。

点缀他们充满私欲的生活。王衍有盛才美貌,声名藉甚,但在所率全军为石勒大破之时,竟言少不豫事,劝石勒称尊号。乐广口谈玄虚,以风流潇洒著称,然而在赵王伦篡位时却奉玺绶劝进。正如罗宗强先生所说,他们是"把利欲熏心和不婴世务结合起来,口谈玄虚而入世甚深,得到人生的最好享受而又享有名士的声誉"①。

在此影响下,士人多追求自适纵情的生活,有时甚至放诞到令人发指的地步。《晋书·王澄传》:"时王敦、谢鲲、庾敱、阮修皆为王衍所亲善,号为'四友',而亦与澄狎,又有光逸、胡毋辅之等亦豫焉。酣宴纵诞,穷欢极娱。"② 王澄乃王衍之弟,个性放纵,与"四友"以宴饮为乐。庾敱生活放达,对一切都不在意,"颓然渊放,莫有动其听者"③。"庾子嵩长不满七尺,腰带十围,颓然自放。"④ 此外,还有一部分士人个人意识极度膨胀,生活极为放荡。《晋书·五行志》:"惠帝元康中,贵游子弟相与为散发裸身之饮,对弄婢妾,逆之者伤好,非之者负讥,希世之士,耻不与焉。"⑤ 正始士人虽也纵酒、不拘礼法,阮籍、刘伶也脱衣裸形,但是此时士人已经从散发裸身发展至"对弄婢妾",故他们之行为绝不同于正始士人的不拘礼节、放浪形骸,而是纯属为了满足一己之情欲。葛洪《抱朴子·外篇·疾谬》:"世故继有,礼教渐颓。敬让莫崇,傲慢成俗。俦类饮会,或蹲或踞。暑夏之月,露首袒体。盛务唯在摴蒱捕弹棋,所论极于声色之间,举足不离绮襦纨绔之侧,游步不去势利酒客之门。不闻清谈讲道

---

① 罗宗强:《玄学与魏晋士人心态》,天津教育出版社2005年版,第196页。
② (唐)房玄龄:《晋书》第6册,中华书局1974年版,第1239页。
③ (南朝宋)刘义庆著,(南朝梁)刘孝标注,余嘉锡笺疏:《世说新语·赏誉》,中华书局1983年版,第540页。
④ 同③,第722页。
⑤ (唐)房玄龄:《晋书》第3册,中华书局1974年版,第820页。

之言,专以丑辞嘲弄为先。以如此者为高远,以不尔者为骏野。"① 可见,当时整个社会都弥漫着一股寻欢作乐的浓烈气氛,士人沉溺声色、放纵情欲。葛洪以儒家的伦理道德为准则,对士人的行为持批判态度,认为是违背伦理道德、为人所不齿的。

由此可见,此时士人只是徒有超然的外表,而内心却欲望膨胀,私下里聚敛财富,在生活上放纵情欲。正如罗宗强先生所说:"他们是这样的一代人:他们要在现实中得到他们所需要的一切欢乐与享受,得到他们精神上和物质上的一切满足,即使这个现实环境污浊混乱,他们也要在这污浊混乱中寻找自己欲望的满足,要在这污浊混乱中尽可能轻松地生活下去,他们并不存在改变这个污浊混乱的现实的任何愿望。"② 所谓物极必反,口谈玄虚、不婴世务,以及过度放纵的生活必会导致个体生命的消亡和国家的沦丧。故而王衍在临死前感叹:"呜呼!吾曹虽不如古人,向若不祖尚浮虚,戮力以匡天下,犹可不至今日。"刘琨在与卢谌的诗序里悔悟:"然后知聃周之为虚诞,嗣宗之为妄作也。"

渡江以后,一部分士人继续着西晋末期的清谈,一部分士人开始对此反思。如"王敦为大将军,镇豫章,卫玠避乱,从洛投敦,相见欣然,谈话弥日。于时谢鲲为长史,敦谓鲲曰:'不意永嘉之中,复闻正始之音。阿平若在,当复绝倒。'"③ 可知,渡江之后,卫玠仍与王敦、谢鲲等人聚在一起清谈,并提及王澄善于清谈的事。作为东晋政权的重臣王导也清谈,"旧云:王丞相过江,止道声无哀乐、养生、

---

① (晋)葛洪著,杨明照撰:《抱朴子外篇校笺》上册,中华书局1991年版,第601页。
② 罗宗强:《玄学与魏晋士人心态》,天津教育出版社2005年版,第196页。
③ (南朝宋)刘义庆著,(南朝梁)刘孝标注,余嘉锡笺疏:《世说新语·赏誉》,中华书局1983年版,第533页。

言尽意三理而已。然宛转关生,无所不入"①。不仅清谈之风在江左得到继续发展,而且士人的放纵生活方式在东晋初期仍保存着,如"王平子、胡毋彦国诸人皆以任放为达,或有裸体者"②。谢鲲亦如此,"邻家有女,尝往挑之。女方织,以梭投折其两齿。既归,傲然长啸曰:'犹不废我啸歌。'"③ 挑逗美女不成,反折两齿,没有羞赧之色,竟豪言仍能啸歌,其放纵可见一斑。

同时,面对玄风所造成的社会风气低迷情况,一部分士人开始反思。应詹就上疏:"元康以来,贱经尚道,以玄虚宏放为夷达,以儒术清俭为鄙俗。望白署空,显以台衡之望;寻文谨案,目以兰熏之器。永嘉之弊,未必不由此也。"④ 一些主政大臣指责贵游子弟的放诞行为,抑制浮夸的现象,主张崇儒以新俗化。卞壸就对贵游子弟多慕王澄、谢鲲为放达之行为,厉色于朝曰:"悖礼伤教,罪莫大焉;中朝倾覆,实由于此。"⑤ 欲奏推之,后来由于王导、庾亮不从,才放过了他们。刘弘则鄙弃音乐,"时总章太乐伶人,避乱多至荆州,或劝可作乐者。弘曰:'昔刘景升以礼坏乐崩,命杜夔为天子合乐,乐成,欲庭作之。'夔曰:'为天子合乐而庭作之,恐非将军本意。'吾常为之叹息。今主上蒙尘,吾未能展效臣节,虽有家伎,犹不宜听,况御乐哉!乃下郡县,使安慰之,须朝廷旋返,送还本署"⑥。陶侃更是克俭抑浮,"诸参佐或以谈戏废事者,乃便命取其酒器、蒱博之具,悉投之于江,吏将则加鞭扑,曰:'樗蒱者,牧猪奴戏耳!《老》《庄》

---

① (南朝宋)刘义庆著,(南朝梁)刘孝标注,余嘉锡笺疏:《世说新语·文学》,中华书局1983年版,第249页。
② 同①,第29页。
③ 同①,第563页。
④ 同①,第853页。
⑤ (唐)房玄龄:《晋书》第6册,中华书局1974年版,第1871页。
⑥ 同⑤,第1766页。

浮华，非先王之法言，不可行也。君子当正其衣冠，摄其威仪，何有乱头养望自谓宏达邪！'"①由此可见陶侃恪守儒家之礼，鄙弃放荡之行为，心思缜密，脚踏实地，以其经世而致用的思想支撑着东晋，使得东晋初期在矛盾四伏、一片动荡中获得安稳。

综上，西晋后期玄风盛行，士人欲望膨胀，在生活上多浮夸而放诞，如此糜烂的风气加速了西晋的灭亡。东晋初期，玄风虽然尚传，放纵之行为仍存，但士人开始反思，特别是主政大臣开始严厉地抑制浮夸之行为，以儒家之礼法来洗涤世俗之风气，使得东晋能偏安于一隅。

三 两晋之际的士人心态及走向

人是生活在社会中的人，上述政局及世风的变化均影响了士人的心态和走向。西晋后期，士人在战乱的社会环境及奢靡的世风下选择了各自的人生道路。东晋初期，士人在短暂安定的社会环境及崇尚节俭的世风下亦做出了选择。

西晋后期，"政乱朝昏，祸难荐兴，艰虞孔炽，遂使奸凶放命，戎狄交侵，函夏沸腾，苍生涂炭，干戈日用，战争方兴"②。整个国家没有了思想的凝聚力，士人的人生取向和价值选择便完全以一己之意愿为中心了。此时，士人的心态可分为两种：一种是苟且心态；一种

---

① （唐）房玄龄：《晋书》第6册，中华书局1974年版，第1774页。
② （唐）房玄龄：《晋书》第8册，中华书局1974年版，第2297页。

是奋起心态。

所谓苟且心态是指不顾民族、国家之兴衰，士人只求一己或一家能苟活于当下的心态。王衍即是一例。其长女适贾谧，小女惠风为司马遹之妃。我们知道，贾谧本是贾充之外孙，后又认作儿子，贾后是贾充之女，而贾后无所出，司马遹是谢才人所出。惠帝昏庸，贾后当朝，贾谧擅权。所以王衍在贾后、贾谧一方与司马遹一方两边都是姻亲关系。太子司马遹虽然嬉戏荒诞，但并无谋逆之心，贾后为了掌权先是以卑劣手段将遹废为庶人。作为岳丈的王衍本应明辨是非而责难贾谧，或者至少保持中立、置之不理。可他竟然上表惠帝，请求惠风与司马遹离婚，如此害怕祸连于己，为求保全不论是非、不顾道义。后贾后又诬陷司马遹谋反，并把司马遹囚禁于许昌宫，司马遹至许昌写信给妃子惠风，详叙了自己被诬陷的经过，言贾后逼自己饮酒至醉，让其照抄由潘岳事先已写好的悖逆言语之文书。王衍在收到遹书之后本应上奏，请求查明真相，为司马遹申冤，但他却隐匿不报，眼睁睁地看着司马遹被杀害。为了自己一家不被牵连，能苟活于世，就不顾他人之死活，王衍之人格、道德已然沦丧。

与这种苟且心态相对应，士人多选择走向保全自身之路。他们全然不顾国家的安危，一心只想要保全自己或者保全家族的声誉与荣华。仍以王衍为例，《晋书·王衍传》："衍虽居宰辅之重，不以经国为念，而思自全之计。说东海王越曰：'中国已乱，当赖方伯，宜得文武兼资以任之。'乃以弟澄为荆州，族弟敦为青州。因谓澄、敦曰：'荆州有江汉之固，青州有负海之险，卿二人在外，而吾留此，足以为三窟矣。'识者鄙之。"① 读来真是骇人听闻，全然不顾

---

① （唐）房玄龄：《晋书》第 6 册，中华书局 1974 年版，第 1237 页。

国家的动荡，只为了自己家族的安危与荣辱，竟费尽心思设计了狡兔三窟的策略，王衍可真算是"深谋远虑"了，难怪被有识之人鄙视。

庾敳也是在朝廷混乱、天下多故中求自全的人。"敳虽居职任，未尝以事自婴，从容博畅，寄通而已。是时天下多故，机事屡起，有为者把奇吐异，而祸福继之。敳常默然，故有喜不至也。"① 不同于王衍的"深谋远虑"来求自全，庾敳则是在浑然漠视中求自全，对周围一切不在意，就以为不会祸及己身。然而覆巢之下安有完卵？没有国之安稳，又岂会有一己之安稳？和王衍一样，庾敳最终也被石勒杀了，其死也证明着在国家动荡之时，想走保全自己的道路是行不通的。

奋起心态是指面对民族、国家之衰亡，士人奋发向上，以挽救民族、国家为己任的心态。以刘琨为例。他在少壮之时也慕老庄，颇为浮夸，与其兄刘舆均在"二十四友"之列。但有纵横之才，善交胜己，与祖逖为友，两人志在报效朝廷，曾闻鸡起舞。在听闻祖逖被用后，刘琨《与亲故书》曰："吾枕戈待旦，志枭逆虏，常恐祖生先吾着鞭。"② 可见其心系民族、壮志慷慨、意气风发。祖逖亦如此，生性豁荡，不修仪检，十四五时犹未知书，其兄经常为之担忧。但他轻财好侠，慷慨有节尚，每至田舍，辄称兄意，散谷帛以周贫乏，乡党宗族以是重之。祖逖与刘琨每语世事，或中宵起坐，相谓曰："若四海鼎沸，豪杰并起，吾与足下当相避于中原耳。"③ 可见，刘琨与祖逖在少壮时均受奢靡世风的影响，性格豁荡浮夸，但并没有就此随波逐

---

① （南朝宋）刘义庆著，（南朝梁）刘孝标注，余嘉锡笺疏：《世说新语·任诞》，中华书局1983年版，第530页。
② （唐）房玄龄：《晋书》第6册，中华书局1974年版，第1690页。
③ 同②，第1694页。

流,沉沦下去,而是奋发向上,怀振复天下之志。

与这种振复天下之志相一致,刘琨、祖逖也都走向了匡扶晋室之路。刘琨曾参与"八王之乱",且因为姻亲关系受到重用。光熙元年(306),东海王司马越为了扩张势力,派刘琨出任并州刺史、加振威将军、领护匈奴中郎将。在此两年前,匈奴首领刘渊趁"八王之乱"已在并州起兵建立"汉"政权,后改称"赵",史称"前赵"。刘琨带领一千余人辗转离开首都洛阳,于永嘉元年(307)春到达晋阳(今山西太原)。当时的晋阳经历战乱,已成一座空城。刘琨在左右强敌环伺的环境下安抚流民,发展生产,加强防御,不到一年,晋阳就恢复了生气,成了晋在中原的少数几个存留抵抗力量的势力之一。刘琨与猗卢结盟,后为石勒所迫,又投奔鲜卑首领段匹磾,最后被段匹磾杀害,终结了其慷慨悲壮的一生。刘琨誓将报效朝廷,在《谢拜大将军都督并州表》道:"臣虽不逮,预闻前训,恭让之节,臣犹庶几。所以冒承宠辱者,实欲没身报国,辄死自效,要以致命寇场,尽其臣节。"① 与王衍之辈相比,刘琨这种尽臣节、扶晋室、矢志报国的精神显得弥足珍贵。

祖逖也是一位奋发有为、驰骋战场、保卫国土的志士。《晋书·祖逖传》:"逖以社稷倾覆,常怀振复之志。"② 祖逖有济天下之心,然而对宗室为了争夺帝位,使中原地区横尸遍地、生灵涂炭,又深感失望,所以当关东诸王,如范阳王司马虓、高密王司马略、平昌王司马模等人竞相招引他出来做官时,他都回绝了。在东海王司马越又命他担任典军参军、济阴太守时,适遇其母病逝,他干脆守丧不出。然而"及京师大乱,祖逖便率亲党数百家避地淮泗,以所乘车马载同行

---

① (清)严可均辑:《全晋文》,中华书局1958年版,第2078页。
② (唐)房玄龄:《晋书》第6册,中华书局1974年版,第1694页。

老疾,躬自徒步,药物衣粮与众共之,又多权略,是以少长咸宗之,推逖为行主。达泗口,元帝逆用为徐州刺史,寻征军谘祭酒,居丹徒之京口"①。由此可见,祖逖虽然宦海漂浮,却没有为了做官而做官,不助宗室为虐,心里装着百姓,以自己的智慧和勇力为百姓谋福。后来祖逖又请求北伐,那时还没继位的司马睿任命祖逖为奋威将军、豫州刺史,给千人禀,布三千匹,但不给铠仗,使祖逖自己招募。"(祖逖)仍将本流徙部曲百余家渡江,中流击楫而誓曰:'祖逖不能清中原而复济者,有如大江!'辞色壮烈,众皆慨叹。"② 就这样,在粮草兵力不足的情况下,祖逖亲自招募军队进行北伐,以自己的才干逐渐收复失地,不仅保全了江淮,而且收复了黄河以南的大片地区。

刘琨与祖逖在国家衰微之际,挺身而出,征战于沙场,誓死忠于王朝,护卫百姓。探其原因,是动乱时代促使其由放荡公子转型成英雄的,也是其骨子里所涌动的气节和爱国之心促使其做出这样的人生选择。

晋室南渡以后,满目疮痍,百废待兴。一部分士人虽有失落之感,但生活终究还是要继续,他们必须要有所作为,齐心戮力王室。同时,江南山明水秀,又使一部分刚刚经历过动荡乱离的士人想要安定下来,于是这一部分人便想要隔离于世事之外,从而专注于自己的兴趣爱好。这就形成了两种心态:一种是积极有为的心态;一种是消极避世的心态。

有为的心态是指士人想要求得安定的生活,就必须为朝廷效力,积极有所作为的心态。王导就是怀有这种心态的人。"过江诸人,每至美日,辄相邀新亭,藉卉饮宴。周侯中坐而叹曰:'风景不殊,正

---

① (唐)房玄龄:《晋书》第 6 册,中华书局 1974 年版,第 1694 页。
② 同①,第 1695 页。

自有山河之异。'皆相视流泪,唯王丞相愀然变色曰:'当共戮力王室,克复神州,何至作楚囚相对?'"① 过江以后,当周颛为山河之异而怆然伤怀,王导便一脸严肃地训诫他理应放下个人情绪,戮力王室,收复中原故土。

与这种有为的心态相连,士人多走上了积极入世之路,发挥自己的才能与智慧,为国主献计献策,为王室之安稳做出贡献。仍以王导为例。司马睿移镇建业后,三吴的大族豪强都不肯依附,王导便十分忧虑。等堂兄王敦来到建业后,便与王敦商量,借王敦的威名来匡助司马睿。在三月三日那天,王导利用司马睿要去水边观禊的机会为其准备了一副肩舆,让司马睿高高坐在上面,两旁排列仪仗,自己与王敦等名流骑着骏马紧紧跟随,前呼后拥,使得司马睿备显威风。三吴大族中的代表人物纪瞻、顾荣等人目睹此状,一齐拜倒道旁。王导趁机向司马睿献计,让富有名望的顾荣、贺循出来做官,以结纳人心。司马睿立即派王导亲自拜访顾荣、贺循,二人皆应命而至。顾荣、贺循出仕后,三吴的大族豪强纷纷投靠司马睿。从这件事便可看出,王导对司马睿是忠心耿耿,全心全意地为其出谋划策,毫无保留。后来王敦反叛,王导率领王氏子弟每天清晨入朝待罪,再加上周颛的申救,元帝召见了王导,并任其为前锋大都督平定王敦。虽然王导未能阻止王敦沿江直下,最后攻破建康,但仍可以看出元帝对王导的信赖,以及王导为晋室安稳所做出的努力。

此外,司马睿继位,东晋王朝建立时,北方仍有为晋坚守的地区,如上文提到的祖逖北伐,是不计成败与生死,以攻为守,保障着东晋的偏安。还有庾亮、陶侃、温峤等主政大臣倾尽全力辅佐着东晋

---

① (南朝宋)刘义庆著,(南朝梁)刘孝标注,余嘉锡笺疏:《世说新语·言语》,中华书局1983年版,第109-110页。

初期的两位皇帝，他们也是毫不犹豫地选择走上了戮力王室之路。

避世心态是指一部分士人对当下之主流的浮诞士风不满，但也无力改变，所形成的不关心朝堂之事、只专注于自己个人兴趣的心态。葛洪就是其中的一例："洪少有定志，决不出身。每览巢、许、子州、北人、石户、二姜、两袁、法真、子龙之传，尝废书前席，慕其为人。念精治《五经》，著一部子书，令后世知其为文儒而已。"① 可见葛洪对功名利禄、荣华富贵并不钟爱，他所仰慕的均是隐逸之士，希望以文儒身份为后人所知。又如郭璞，他与温峤、庾亮等人曾是布衣之交，但当庾亮、温峤位列公卿时，他却沉于下僚，才高位卑的他难免产生不平。两晋之际的动荡，又使他身心俱疲，再加之处于残忍的王敦手下，所以他消极避世的心态也比较突出。

与这种避世心态相关，士人不愿再深入仕途，而专注于自己的兴趣，过起了淡漠世事的生活。仍以葛洪为例，"（洪）见天下已乱，欲避地南土，乃参广州刺史嵇含军事。及含遇害，遂停南土多年，征镇檄命一无所就。后还乡里，礼辟皆不赴。元帝为丞相，辟为掾。以平贼功，赐爵关内侯"②。两晋之际的动荡使他更加无心于官场，虽然元帝赐其关内侯，但他基本不参与政事。后"干宝深相亲友，荐洪才堪国史，选为散骑常侍，领大著作，洪固辞不就"③，一直以炼丹、服食、养性为乐。后"闻交趾出丹，求为句漏令。（成）帝以洪资高，不许。洪曰：'非欲为荣，以有丹耳。'帝从之。洪遂将子侄俱行。至广州，刺史邓岳留不听去，洪乃止罗浮山炼丹。岳表补东官太守，又辞不就。岳乃以洪兄子望为记室参军。在山积年，优游闲养，著述不

---

① （晋）葛洪著，王明撰：《抱朴子内篇校释》，中华书局1986年版，第378页。
② （唐）房玄龄：《晋书》第6册，中华书局1974年版，第1911页。
③ 同②，第1911页。

辍"①。可见在南渡以后，葛洪不仅在元、明二帝时辞官，在成帝时也无心仕途，他求句漏令也只是因为听闻那里出丹，故他只是以自己炼丹为乐趣。他的这种人生选择在很大程度上取决于两晋之际的动荡，看惯了那些俗人为荣华富贵或功名利禄所做的苟且之事，也看惯了他们为求保全而谄媚于人的嘴脸，所以他选择沉浸于炼丹养性之上，从而淡漠世事，远离尘嚣。正如他自己所说："荣位势利，譬如寄客，既非常物，又其去不可得留也。隆隆者绝，赫赫者灭，有若春华，须臾凋落。得之不喜，失之安悲？悔吝百端，忧惧兢战，不可胜言，不足为矣。"②故而走一条绝弃世务、服食养性、修习玄静的道路，方能使自己身心愉悦。

郭璞和葛洪很相似，他善于卜筮，妙于阴阳算历，热衷于求仙问道之事。以其《游仙诗》第一首为例："京华游侠窟，山林隐遁栖。朱门何足荣？未若托蓬莱。临源挹清波，陵冈掇丹荑。灵溪可潜盘，安事登云梯？漆园有傲吏，莱氏有逸妻。进则保龙见，退为触藩羝。高蹈风尘外，长揖谢夷齐。"③特别是"朱门何足荣？未若托蓬莱"两句直接表现了自己想要放弃之前所追求的功名利禄和高华门第，而转向一种出世远游、羽化升仙的人生乐趣，走向一条隐遁山林、淡漠世事的道路。

又如庾阐，从他现存的诗来看，他也是淡漠世事，热衷于服药以求长生的。他的《采药诗》："采药灵山㟧，结驾登九疑。悬岩漏石髓，芳谷挺丹芝。泠泠云珠落，璀璀玉蜜滋。鲜景染冰颜，妙气翼冥期。霞光焕萧靡，红景照参差。椿寿自有极，槿花何用疑。"④

---

① （唐）房玄龄：《晋书》第6册，中华书局1974年版，第1911-1912页。
② （晋）葛洪著，王明撰：《抱朴子内篇校释》，中华书局1986年版，第376页。
③ 逯钦立辑：《先秦汉魏晋南北朝诗》，中华书局1988年版，第865页。
④ 同③，第874-875页。

通过写自己翻山越岭采药的乐趣，以及对山中药草之挺拔，云珠、霞光等美景的描绘，表现了他对求仙访道的热衷及对尘俗生活的摒弃。

此外，江南的草长莺飞、淡烟疏柳、明瑟山水也使得士人少问世事，选择了登临远游的生活，也由此写下了不少的山水诗，为后来山水诗的丰富与发展做了铺垫。

综上，不论士人存有哪种心态，以及选择走哪种人生道路，都与时代环境有着密切的关系。两晋之际的动荡，逼着一部分士人从少壮的浮夸放旷成长为报国英雄，也促使一部分士人在饱受乱离之苦或备受压抑后渴望一个安稳的环境，淡漠世事而专注于自己的兴趣。

四　两晋之际诗歌概述

两晋之际的政权更迭、世风变化、士人心态及走向对诗人、诗歌有着重要的影响。频繁的政权更迭使得诗人朝不保夕、无心创作，从而影响了诗歌的数量；奢侈的世风及浮夸的玄风使得诗人生活放诞，品质低下，从而影响了诗歌的格调；士人心态及走向则影响了诗歌的主题及内容。同时，此时期的诗歌又反映着两晋之际复杂的政治、社会、人文面貌。该时期的诗歌统计见下表。

两晋之际诗歌统计

诗 人	存诗数量	诗 歌	主要仕宦经历
刘琨 （271—318）	5	《扶风歌》（朝发广莫门）、《扶风歌》（南山石嵬嵬）、《答卢谌诗》八章、《赠卢谌诗》（握中有悬璧）、《重赠卢谌》（璧由识者显）	太康末（289），刘琨与祖逖俱为司州主簿。元康六年（296），为司隶从事。永康元年（300），为赵王伦记室督，转从事中郎，后又为冠军、假节等。永兴元年（304），封广武侯。永嘉元年（307），为并州刺史。建兴二年（314），拜大将军，都督并州诸军事。建兴三年（315），拜司空，都督并冀幽诸军事。建武元年（317），琅琊王睿与建康称晋王，刘琨、段匹磾等上表劝进。建武二年（318），末波王敦密使段匹磾杀刘琨，遂缢之
卢谌 （284—351）	9	《赠刘琨诗》二十章、《答刘琨诗》（随宝产汉滨）、《赠崔温诗》《答魏子悌诗》《览古诗》《时兴诗》《诗》（凛凛素秋）、《诗》（遨举游名山）、《诗》（山居是所乐）	娶荥阳公主，拜驸马都尉，未婚而公主卒。永嘉五年（311），随父卢志投奔刘琨，时琨为匈奴所败，卢志、卢谌为刘粲所获；次年，刘琨攻刘粲，谌乃得入琨部。建兴三年（315），琨为司空，以谌为主簿，转从事中郎。建武元年（317），随琨投段匹磾，又为段匹磾别驾。太兴三年（320），表奏刘琨之冤。咸康四年（338），为石虎中书侍郎、国子祭酒、侍中、中书监。永和七年（351），石氏内乱，谌亦遇害
闾丘冲 （？—311）	3	《三月三日应诏诗》两首、《招隐诗》	太安二年（303），成都王颖战败长沙王乂，帝遣散骑常侍闾丘冲慰劳。怀帝中，为尚书光禄勋。永嘉五年（311），刘曜、石勒等攻洛阳，冲乘车出逃，被杀

续 表

诗 人	存诗数量	诗歌	主要仕宦经历
曹摅 （？—308）	11	《赠韩德真诗》四章、《赠石崇诗》四章（昂昂我牧）、《赠王弘远诗》三章、《赠欧阳建诗》四章、《答赵景猷诗》十一章（于铄赵生）、《答赵景猷诗》（泛彼洛川）、《答赵景猷诗》九章（季秋惟末）、《思友人诗》《感旧诗》《赠石崇诗》（涓涓谷中流）、《赠石荆州诗》	惠帝中（295年左右），入为尚书郎，转洛阳令。元康六年（296），石崇为荆州刺史，金谷设宴，摅亦有诗。元康九年（300）十二月，太子遹废，东宫僚属江统等冒禁拜辞，收付狱，贾谧令曹摅熟悉释之。永宁元年（301），为齐王冏记室督，寻转中书侍郎。后又为长沙王乂骠骑司马。惠帝末，起为襄城太守。永嘉二年（308），流人聚众反，曹摅与之战，败死
张翰 （256？—312？）	6	《赠张弋阳诗》六章、《周小史诗》《杂诗》三首、《思吴江歌》	元康末（299年左右），贺循于船中弹琴，翰与循本不相识，问琴，乃下船与循言，大相钦悦。永宁元年（301）六月，齐王冏为大司马，辟含为东曹掾。永嘉六年（312），顾荣随元帝在江东卒。张翰往吊，恸哭，于灵前鼓数曲而返。返里后遭母忧，哀毁过甚，卒。年五十七
杜育 （？—311）	3	《赠挚仲恰诗》《金谷诗》《诗》（临下览群动）	永康元年（300），赵王伦被杀，散骑常侍杜育被收。永兴元年（304），惠帝为张方劫持至长安；次年，刘琨与汝南太守杜育救之。永嘉五年（311），洛阳将陷，为敌兵所杀

续 表

诗 人	存诗数量	诗 歌	主要仕宦经历
挚虞 （？—311）	6	《答伏武仲诗》四章、《赠褚武良以尚书出为安东诗》四章、《赠李叔龙以尚书郎迁建平太守诗》四章、《答杜育诗》《雍州诗》《逸骥诗》	泰始四年（268），与夏侯湛等同举贤良，试策。后授中郎，擢太子舍人，外出为闻喜令。太康初（280），吴平，上《太康颂》。元康中（295 年左右），迁吴王友。永康元年（300），历秘书监、卫尉卿。永兴元年（304），从惠帝被劫至长安。惠帝末（306），还洛阳，迁光禄勋、太常卿。永嘉五年（311），石勒攻破洛阳，人饥相食，挚虞竟饿死
王赞 （？—311）	5	《三月三日诗》《侍皇太子宴始平王诗》《侍皇太子祖道楚淮南二王诗》《皇太子会诗》《杂诗》	约晋武帝咸宁中（278 左右）辟为司空掾。太康三年（282）前，为太子舍人。惠帝中，历侍中、著作郎。永嘉元年（307），刘灵寇略赵、魏，赞拒破之。永嘉四年（310），石勒南侵，围王赞于仓垣，为赞所败。永嘉五年（311），奉苟晞命至项城，逼令东海王越归降。十月，为石勒所擒，伪为归顺，为石勒从事中郎。月余，谋叛，为石勒所杀
棘腆 （生卒年不详）	3	《答石崇诗》《赠石季伦诗》《赠石崇》	永嘉中（310 左右），为襄城太守
棘嵩 （生卒年不详）	3	《赠杜方叔诗》十章、《赠荀彦将军诗》五章、《答杜育诗》	棘腆之叔，历任太子中庶子、散骑常侍。建兴二年（314），为石勒所杀

续 表

诗 人	存诗数量	诗 歌	主要仕宦经历
杨方（约生于武帝时，卒年不详）	5	《合欢诗》五首	少微贱，为郡守仪仗门役。元帝初（317年左右），内史诸葛恢见而奇之，免其役，以门人之礼待之。王导曾辟以为掾。后又转东安太守，迁司徒参军。太宁元年（323），补高梁太守。在郡多年，以年老，弃郡归。王导将进之台阁，固辞还家。卒
熊甫（生卒年不详）	1	《别歌》	曾任王敦参军
荀组（？—322）	1	《七哀诗》	惠帝时（290—304），历太子中庶子，荥阳太守。永兴中（304—306），为河南尹，迁尚书转卫尉，封阳城县男，转司隶校尉。怀帝时（307—311），为豫州刺史。愍帝时（313—316），为司空，领尚书左仆射，封临颍县公，转太尉。元帝即位（318），以为司徒。太兴初（318），南归，加录尚书事。永昌元年（322），迁太尉，领太子太保，未拜卒
王廙（274—322）	1	《春可乐》	永兴间（304—306），东海王越为太傅，辟为掾，转参军。光熙元年（306），封武陵县侯。拜尚书郎，出为濮阳太守。永嘉初（307），琅琊王司马睿镇江东，王廙弃郡过江。授司马，庐江、鄱阳太守。怀帝、愍帝间，以讨杜弢有功，授冠军将军，镇石头，领丞相司马睿军咨祭酒。建兴三年（315），先是代陶侃为荆州刺史，因不为侃部所服，旋征入为辅国将军，加散骑常侍。永昌元年（322），王敦反，王廙本奉召劝谕，却为王敦所留，以之为平南将军、荆州刺史，是年卒

续 表

诗 人	存诗数量	诗 歌	主要仕宦经历
王鉴 （280？—321？）	1	《七夕观织女诗》	永嘉中（310 年左右），为司马睿琅琊国侍郎。建武二年（318），司马睿即皇帝位，以王鉴为驸马都尉，奉朝请。出补永兴令。太兴中，大将军王敦请为记室参军，未就而卒
干宝 （286？—336）	1	《百志诗》	永嘉五年（311）渡江后，以华谭之荐，召为佐著作郎。建兴三年（315）以平杜弢有功，赐爵关内侯。建武元年（317），王导上疏宜备史官，乃命宝兼领国史。太宁元年（323），王导为司徒，辟干宝为右长史，撰《司徒仪》。后迁散骑常侍，领著作，撰晋纪。咸康二年（336），卒。年近五十
张亢 （270？—？）	1	《诗》（昔我好坟曲）	永嘉中（300 年左右），渡江。元帝中（321 年左右），授散骑侍郎。明帝中（324 年左右），秘书监荀崧为佐著作郎，出补乌程令，入为散骑常侍，复领佐著作
甄述 （生卒年不详）	1	《美女诗》	初为河南尹功曹，与曹摅同官。渡江后为征西将军（或是庾亮）府咨议参军
梅陶 （生卒年不详）	2	《赠温峤诗》五章、《怨诗行》	永嘉中（310 年左右）南渡，为大将军王敦咨议参军。太兴中（320 左右），官御史中丞。太宁二年（324）王敦病卒，梅陶免官，旋起为尚书。明帝卒（326），未及周年，梅陶私令女伎奏乐，被劾。后终于光禄大夫

第一章 两晋之际的社会背景与诗歌创作　37

续　表

诗　人	存诗数量	诗　歌	主要仕宦经历
温峤 （288—329）	1	《回文玄言诗》	司隶辟为都官从事。出为上党潞令。入姨夫刘琨府为参军。西晋末，为上党太守。后刘琨以温峤为左长史。建武元年（317），刘琨遣其过江劝进，为元帝所留。元帝即位为帝（318），王导辟为骠骑长史。太兴三年（320），迁太子中庶子。明帝即位（323），拜侍中，参与机密，后转中书令。太宁二年（324），王敦表温峤为丹阳尹。敦反，峤迎击之。敦病卒，峤受封建宁县开国公。太宁三年（325），明帝病笃，峤与王导等同受顾命。咸和二年（327），苏峻反，峤为荆州刺史，与陶侃共靖难。咸和四年（329），还武昌，传见水怪而卒
庾阐 （289？—343？）	20	《吊贾谊诗》《三月三日临曲水诗》《三月三日诗》《观石鼓诗》《登楚山诗》《衡山诗》《江都遇风诗》《采药诗》《游仙诗》十首、《从征诗》《诗》（炼形去人俗）	少随舅孙氏过江，母在项城。永嘉之乱（311），城陷母死。建武元年（317），元帝辟，不应。约于永昌元年（322）或稍后为西阳王羕太宰掾。明帝时，迁尚书郎。成帝咸和二年（327），苏峻反，庾阐奔徐州刺史郗鉴，为司空参军。事平，封吉阳县男爵，授彭城内史，郗鉴又辟为从事中郎。以文名召入为散骑侍郎，领著作，综国史。咸康五年（339），出为零陵太守。后以疾征入，授给事中，复领著作。约卒于永和中（347左右）。年五十四
曹毗 （生卒年不详）	26	《夜听捣衣诗》《黄帝赞诗》《咏冬诗》《正朝诗》《军中诗》《郗公墓诗》《箜篌诗》《霖雨诗》《郊庙歌辞》《晋江左宗庙歌》十三首、《杜兰香赠诗》《杜兰香作诗》《复作诗》	与庾阐并誉为"中兴之时秀"。成帝咸和初，入佐为郎中，蔡谟举为佐著作郎。太和、咸安间，作《晋江左宗庙歌》。迁中书郎，黄门郎，左卫将军，光禄勋

续 表

诗 人	存诗数量	诗 歌	主要仕宦经历
郭璞（276—324）	29	《游仙诗》十九首、《答贾九州愁诗》三章、《与王使君诗》五章、《答王门子诗》六章、《赠温峤诗》五章、《幽思篇》《诗》（北阜烈烈）、《诗》（杞梓生荆南）、《诗》（羲和骋丹衢）、《诗》（君如秋日云）、《诗》（翩翩寻灵娥）	惠帝末至元帝初（306—318），郭璞避地东南。愍帝初（313），王导为丹阳太守、辅国将军，引璞为参军。太兴元年（318），献《南郊赋》，元帝见而嘉之，以为佐著作郎。太兴四年（321），郭璞以月蚀、日异上疏，请减刑罚。同年，迁尚书郎。明帝在东宫，璞以才学见重。后大将军、荆州刺史王敦起为记室参军，郭璞不敢辞。太宁元年（323），郭璞休假归暨阳。太宁二年（324），王敦将反，令其卜筮，曰"无成"，激怒王敦，被杀

说明：（1）本表是在逯钦立《先秦汉魏晋南北朝诗》基础上，参考曹道衡、沈玉成《中国文学家大辞典·先秦汉魏晋南北朝卷》、唐修《晋书》、陆侃如《中古文学系年》，以及张可礼《东晋文艺系年》编写的。

（2）本表选取的有些诗人主要活跃于西晋中期，但因为经历了西晋后期的社会变革，且有诗歌内容关涉后期的社会内容及人物，故也将其列在表内。

从上表中我们可以发现此时期的诗歌特征：

第一，从数量上来说，这一时期的诗人不算少，但存诗数量却不多，有的人只存一首，或仅有残句。

第二，从质量上来说，诗人中只有刘琨、郭璞、卢谌、庾阐成就较大，其他人均名不见经传。在诗歌格调上，也只有上述几个诗人的诗歌格调较高，其他的均一般。

第三，从诗歌主题、内容上来说，主要以爱国诗歌、游仙诗歌为主。从题材上来说，此时期有山水诗、爱情诗。此外，这时期的赠答诗也很引人注目。

第四，从诗人的卒年来看，有不少诗人死于永嘉五年（311），这一年石勒攻破洛阳，怀帝被俘，关中饥馑，人饥相食，白骨蔽野，不少诗人或被杀死或被饿死。

造成以上之局面有多种原因。姜剑云《太康文学研究》谈道："西晋从立国到亡国也才半个世纪的历史，而严格地说来，西晋自晋武帝平吴而统一全国，形成稳定发展局面，到他驾崩之后便祸乱频起、朝政日非，中间只有太康时期的十年时间……恐怖的浩劫，草菅人命，文学家们人未尽才。因而，西晋文坛尽管出现过盛况，但仅仅是昙花一现。西晋文学因为政治、文化等历史的缘故，没有获得合乎逻辑发展的充分条件，被迫中断而夭折。"① 姜剑云从宏观的角度指出整个西晋的现实条件不能孕育出大有作为的文人来。

除了上述所说的西晋动荡的社会所导致的人未尽其才这个重要原因，关于两晋之际这种诗歌存诗数量少、质量不高的情况，还有一些其他原因。其一，动荡社会中，一些应用文（如表、疏、奏、笺、铭、书等）在政治、战事、生活中所用较多，故写实用文的作家较多，而写作文学性较强的诗歌之人减少，并且在诗人所写的诗歌中用于人际交流与往来的赠答诗占很大比重。还有一些文人其成就主要不在诗歌上，如挚虞，其成就主要在文论、史学上；干宝，其成就也主要在史学以及神怪小说上；庾阐也是以《扬都赋》而为时人所重。其二，关于诗歌的流传情况，据逯钦立《先秦汉魏晋南北朝诗》，不少人都有集子，只是由于战乱频繁或者是交通不便及历时较长等原因，未能保存下来。其三，就是上文所提到的此时诗歌与世风的关系，此时诗人受奢靡世风的影响，个人情欲膨胀，追求娱乐享受，导致诗歌

---

① 姜剑云：《太康文学研究》，中华书局2003年版，第50页。

品格较低。

  总之，两晋之际诗歌的整体情况较为消沉低迷，优秀诗人较少，存诗数量不多且品格不高。但普遍之中也有特殊，此时期的刘琨、郭璞等人在古代诗歌史上地位颇高，正如钟嵘所说："先是郭景纯用俊上之才，变创其体。刘越石仗清刚之气，赞成厥美。"① 也正是由于"越石'感乱'，景纯'咏仙'"这两个特例，才打破了两晋之际诗歌的平淡，使得此时期诗歌仍熠熠生辉。

---

① （南朝梁）钟嵘著，周振甫译注：《诗品译注》，中华书局1998年版，第17页。

第二章 爱国诗歌探析

两晋之际社会混乱，胡族入侵，民族危亡，部分有志之士走上了征战沙场、保卫国土、匡扶王室的道路，在戎马倥偬、坎坷艰辛的征旅生活里，写下了他们的爱国诗篇。还有部分士人则怀揣济世之志，关心国之安危，忧思抒怀。他们积极进取，为挽救国运不计个人得失，甘心受辱，倾尽心血。然而小部分力量终究不能挽回整体颓势，个人意志终究不能改变社会意志，个人理想终究屈服于残酷现实，他们的努力最后以失败告结，这些有志之士也走向了生命悲剧。

一 黍离之痛

两晋之际的诗歌真实地反映了晋室统治下此时期的社会面貌。朝堂之内纲纪紊乱，朝堂之外胡族入侵、烧杀抢掠。对朝廷之内的混乱状况，爱国诗人进行了揭示和鞭挞；对胡族肆虐的行径，爱国诗人直抒痛恨之情。

两晋之际，朝廷之内一片混乱，宗室、外戚、将相为了权利互相算计诬陷，朝堂之上已无是非可言，完全以掌权者之利益或喜好来判断士人之好坏及事情之对错。刘琨《扶风歌》有："君子道微矣，夫子故有穷。惟昔李骞期，寄在匈奴庭。忠信反获罪，汉武不见明。"①就是对此时朝廷之内礼崩乐坏、政治黑暗、腐败横行的真实揭露。"君子道微矣，夫子故有穷"化用《论语》"君子固穷，小人斯滥矣"②，意在说晋室君子之道衰落，士人早已失却思想凝聚力，小人泛滥横行，这是国运衰落、王朝走向危亡的征兆。"惟昔李骞期，寄在匈奴庭。忠信反获罪，汉武不见明"是引用李陵的典故，即李陵率兵五千攻打匈奴，战败之后投降，汉武帝震怒并诛杀李陵之母、弟、妻、子，司马迁认为李陵并非真投降，并为李陵求情，结果遭以腐刑。刘琨在这里借李陵之事影射晋室统治者的昏庸愚蠢、不分忠良、不辨是非。朝堂之外，胡族入侵、践踏国土，百姓流离失所、饿殍遍野。爱国诗人饱含痛惜之情对此进行了真实的记录。

卢谌《赠刘琨诗》二十章其四，"王室丧师，私门播迁"③是记叙晋室被刘聪所败。"私门播迁"为李善引《战国策》"破公家而成私门"④，意为刘聪打败晋室占据洛阳，乃是不义之举，包含卢谌对刘聪的谴责之意。卢谌《赠刘琨诗》二十章其十一："由余片言，秦人是惮。日磾效忠，飞声有汉。桓桓抚军，古贤作冠。来牧幽都，济厥涂炭。"⑤这是记叙在刘聪的攻击中，刘琨、卢谌一方也取得了防御的胜利。"由余片言，秦人是惮。"《文选》李善注："《史记》，秦缪公

---

① 逯钦立辑：《先秦汉魏晋南北朝诗》，中华书局1988年版，第849-850页。
② 张燕婴译注：《论语译注》，中华书局2006年版，第231页。
③ 同①，第881页。
④ （南朝梁）萧统编，（唐）李善注：《文选》，中华书局1977年版，第359页。
⑤ 同①，第882页。

问内史廖曰：'孤闻邻国有圣人，敌国之忧也。今由余，寡人之害，将奈何也！'"① 这里卢谌以"由余"借代刘聪，其虽有智勇，却是晋室的敌对力量，故对晋室来说刘聪就是祸患。"日䃅效忠，飞声有汉。"日䃅即是金日䃅，匈奴人，富有远见卓识，为汉代与匈奴的和平做出了很大贡献，深受汉武帝喜爱。卢谌在这把刘聪和金日䃅作比，也是谴责刘聪不能与晋室修好，反倒叛乱。"桓桓抚军，古贤作冠。来牧幽都，济厥涂炭。""抚军"即幽州刺史段匹䃅，刘琨与鲜卑族段匹䃅结盟共同抗击刘聪。卢谌这里是赞段匹䃅容貌俊伟，有古贤之风，特来支援刘琨使其保住防线，使百姓也免于陷入涂炭之中。

刘琨《答卢谌诗》八章其一："厄运初遘，阳爻在六。干象栋倾，坤仪舟覆。横厉纠纷，群妖竞逐。火燎神州，洪流华域。彼黍离离，彼稷育育。哀我皇晋，痛心在目。"② 这完全就是一片群魔乱舞的景象。"厄运初遘，阳爻在六。"《文选》李善注："阳爻在六，谓干上九也。周易曰：上九，亢龙有悔，盈不可久也。"③ 这是说厄运将降到晋室王朝，卦象也显示其遭遇灾难，不能长久维持了。"干象栋倾，坤仪舟覆。"《文选》李善注："乾坤，谓天地。《左氏传》，子产谓子皮曰：'子于郑国，栋也。栋折榱崩，侨将厌焉。'《战国策》，或谓公叔曰：'塞漏舟而轻阳侯之波，则舟覆矣。'"④ 意为支撑一国之栋梁将要倾塌，承载一国之大船也就要翻倒了，晋室王朝正一步步地走向灭亡的道路。"横厉纠纷，群妖竞逐。火燎神州，洪流华域"是说刘聪叛乱，匈奴四方蜂起，在中原国土横行霸道，烧杀抢掠，任意肆虐。晋室的大好河山呈现出一片烟熏火燎、洪流泛滥的乱象。刘琨将

---

① （南朝梁）萧统编，（唐）李善注：《文选》，中华书局1977年版，第360页。
② 逯钦立辑：《先秦汉魏晋南北朝诗》，中华书局1988年版，第851页。
③ 同①，第355-356页。
④ 同①，第356-357页。

匈奴呼为"群妖",足见其愤恨之情。"彼黍离离,彼稷育育。哀我皇晋,痛心在目。"刘琨在这里直呼长势丰貌的黍稷,实则是哀叹颓倾的晋室,他眼睁睁地看着自己的家园故土就这样沦为匈奴的游戏之地,痛心疾首,百感交集,却无力施救。

刘琨《答卢谌诗》八章其二也是对晋室国土惨遭践踏的记录,并且感情升华,甚至将挽救晋室的希望寄托在天地之上。诗曰:"天地无心,万物同涂。祸淫莫验,福善则虚。逆有全邑,义无完都。英蕊夏落,毒卉冬敷。如彼龟玉,韫椟毁诸。刍狗之谈,其最得乎。"①"天地无心,万物同涂。"《文选》李善注:"无心,谓无心爱育万物,即不仁也。同涂,谓皆为刍狗也,已见下句。"②这是说刘琨想呼喊天地来挽救晋室,然而天地无情,对此不管不顾,把万物都当作祭祀中微贱无用的刍狗。"祸淫莫验,福善则虚。"李善引《尚书》曰:"天道福善祸淫。"③意为天道本应是福善祸淫,使行善的人得福,让作恶的人受祸。刘琨在这里是说现在天道没有应验,作恶的没有受到惩罚,行善的也没有得到福气。"逆有全邑,义无完都。""逆"是指刘聪,"义"是指晋室。这两句和上两句相扣,是说刘聪叛乱,本是不义之举,然而却占据了国土。晋室本是代表正义一方,然而却面临洛阳被攻破、山河破碎的遭遇。"英蕊夏落,毒卉冬敷。"《文选》李善注:"英蕊以喻晋朝,毒卉以比胡寇也。王逸《离骚》序曰:善鸟香草,以配忠贞。恶禽丑物,以比谗佞也。"④这是说晋朝本应该像英蕊那样绽放,却在夏天就早早地凋落;胡寇本应像毒卉那样早亡,然而却能度过冬天。"如彼龟玉,韫椟毁诸。"《论语》子曰:"虎兕出于

---

① 逯钦立辑:《先秦汉魏晋南北朝诗》,中华书局1988年版,第851页。
② (南朝梁)萧统编,(唐)李善注:《文选》,中华书局1977年版,第356页。
③ 同②。
④ 同②。

椟，龟玉毁于椟中，是谁之过与？"① 这里刘琨是以美好的龟玉毁于匣子里来借代代表正义的晋室就要走向灭亡，其中深含痛惜之情。"刍狗之谈，其最得乎？"《文选》李善注："老子曰：天地不仁，以万物为刍狗。圣人不仁，以百姓为刍狗。结刍为狗也，言天地不爱万物，类祭祀之弃刍狗也。然此与谈老者不同，彼美而此怨耳。"② 刘琨看着晋室的沦亡无能为力，想求救于天地，天地置之不理，于是刘琨抱怨天地之不仁，弃晋室、百姓于不顾。这是刘琨的呼喊和求救，也是一个爱国志士在束手无策、无可奈何中的哀叹。

刘琨目睹了胡寇如洪水般卷来，以不可遏制之势涂炭生灵、祸乱国土的惨状，又亲身遭遇了自己的双亲与兄弟为刘粲所虏而生死未卜的悲痛，他硬生生地体味着国破与家亡的双重悲剧在他身上上演的苦痛。正如他在诗序中所说："自顷辀张，困于逆乱。国破家亡，亲友凋残。负杖行吟，则百忧俱至。块然独坐，则哀愤两集。"③ 对于出生仕宦之家，从小生活优裕富足、性格放旷、不受羁绊的刘琨来说，这样的打击无疑是其生命所不能承受之重，故每每想到这些，他总是满怀哀愤之情，悲痛不已。

面对胡族逐鹿中原，国家分崩离析，爱国诗人郭璞也发出了沉痛的悲叹。《答贾九州愁诗》其二："顾瞻中宇，一朝分崩。天网既紊，浮鲵横腾。运首北眷，邈哉华恒。虽欲凌霄，矫翮靡登。俯惧潜机，仰虑飞罾。惟其崄哀，难辛备曾。庶睎河清，混焉未澄。"④ 其中"顾瞻"两句是指中原陷落，国土分崩离析，"天网"两句是写胡族入侵，豺狼虎豹横行翻腾，诗人对胡族恨之入骨，故接下来"运首"

---

① 张燕婴译注：《论语译注》，中华书局2006年版，第250页。
② （南朝梁）萧统编，（唐）李善注：《文选》，中华书局1977年版，第356页。
③ 逯钦立辑：《先秦汉魏晋南北朝诗》，中华书局1988年版，第851页。
④ 同③，第862-863页。

四句表达了其志在收复失地的意向。"俯惧"四句是写偏安江左的东晋王朝前怕狼后怕虎,不思北进。"庶睎"两句表达了诗人对故土不能收复的心痛之情。郭璞自避乱南渡后,对于大片国土丧失他手始终痛惜不已,他希望以司马睿为首的东晋王朝能克复中原,一统江山,然而现实却是统治者苟安于现状,不思进取,为此他常常痛心疾首,悲愤不已。又如他《与王使君诗》其一:"道有亏盈,运亦凌替。茫茫百六,孰知其弊。蠢蠢中华,遘此虐戾。遗黎其咨,天未忘惠。云谁之眷,在我命代。"①写了晋室丧失治国之道,国运衰微,所以才使泱泱中华遭到了胡族欺凌侮辱,诗中充溢着诗人对芸芸众生遭受祸乱灾害的深切哀悯。

在郭璞的诗中,一直都怀有对祖国大好河山破碎的痛惜之情,即使是表现其超脱的游仙诗篇也不例外,如《游仙诗》其九:"东海犹蹄涔,昆仑若蚁堆。遐邈冥茫中,俯视令人哀。"②诗人采药食气,乘龙驷奔向天庭,在高旷的天空他看到了茫茫人海,不禁哀从心生,他所哀的是锦绣江山的支离破碎,所哀的是人间的黑暗、百姓的苦难。

庾阐与郭璞相似,渡江以后,经常登临游览,举目远眺,看到山河的破碎便黯然神伤。如其《登楚山诗》:"拂驾升西岭,寓目临浚波。想望七德耀,咏此九功歌。龙驷释阳林,朝服集三河。回首盼宇宙,一无济邦家。"③诗人登高遥望,由眼前之景陷入无边的愁绪之中,面对国家之离乱、山河之割裂,诗人痛心不已,且登之越高所望之景越多,诗人的这种痛苦越强烈。

刘琨、郭璞、卢谌、庾阐他们以自己的亲身体验记录下国家的分

---

① 逯钦立辑:《先秦汉魏晋南北朝诗》,中华书局1988年版,第863页。
② 同①,第866页。
③ 同①,第874页。

崩离析和百姓的水深火热，又以悲天悯人的情怀对两晋之际的社会现状给予观照。身处国破家亡之境，他们痛心不已，在他们身上我们看到了儒家知识分子所特有的"先天下之忧而忧，后天下之乐而乐"的爱国情怀。

二　慷慨之音

爱国诗人不仅真实记录了两晋之际朝廷之内的混乱，胡族肆虐、国土疲敝的惨状，还表达了他们想要挽救这种状况、誓死匡扶晋室的忠心和决心，以及他们为此所做出的努力。

刘琨《答卢谌诗》八章其八："光光段生，出幽迁乔。资忠履信，武烈文昭。旍弓骍骍，舆马翘翘。乃奋长縻，是辔是镳。何以赠子？竭心公朝。何以叙怀？引领长谣。"①"光光"四句主要是赞美段匹磾的，赞其俊伟的容貌、防御城池的功绩、忠信的品德和文武兼备的能力。此时，卢谌被段匹磾要去做别驾，在去之前卢谌在《赠刘琨》二十章诗序里说道："分乖之际，咸可叹慨。致感之途，或迫于兹。亦奚必临路而后长号，睹丝而后歔欷哉。是以仰惟先情，俯览今遇。感存念亡，触物增眷。"② 其中包含卢谌对刘琨的不舍，对前途未卜的担忧，着实不愿转作段匹磾之别驾。而刘琨虽不舍，却也无奈，故在这里赞美段匹磾，是安慰卢谌要听命于段匹磾，为实现振复晋室的理想

---

① 逯钦立辑：《先秦汉魏晋南北朝诗》，中华书局1988年版，第852页。
② 同①，第880-881页。

而牺牲一己之意愿。"旂弓骍骍,舆马翘翘。"《文选》李善注:"孟子曰:夫招大夫以旌。《左氏传》,陈敬仲曰:诗曰:翘翘车乘,招我以弓。杜预云:逸诗也。翘翘,远也。毛诗曰:骍骍角弓。毛苌曰:骍骍,调利也。"① 这两句描写了行军打仗的情景,意在激励卢谌要全心全意地投入匡扶晋室的事业中。"乃奋长縻,是辔是镳。"《文选》李善注:"《广雅》曰:縻,索也。说文曰:镳,马勒傍铁也。"② 该句描述了志士骑着战马,手握缰绳,驰骋于战场上的英勇风姿。这与曹植在《白马篇》中所塑造的幽并游侠儿形象有异曲同工之妙,这是对卢谌也是对自己的勉励,希望能纵横于战场,为国难而捐躯。"何以赠子?竭心公朝。"这两句是整首诗的主旨之句。《文选》李善注:"《毛诗》曰:何以赠之?鹦鹉赋曰:苟竭心于所事。曹子建《求亲亲表》曰:执政不废于公朝也。"③ 即刘琨所赠予卢谌的所有诗句,都是为了让其尽心竭力于晋室。"何以叙怀?引领长谣。"《文选》李善注:"《左氏传》云:穆叔谓晋侯曰:引领西望曰:庶几乎。"④ 意为看看此时破碎的山河,姑且以这首诗来排遣彼此内心的苦闷。

为了晋室安稳、民族振兴、国土完整、百姓安定,刘琨情愿牺牲自己,其忠心天地可鉴。正如卢谌在《赠刘琨诗》二十章其二所说:"伊陟佐商,山甫翼周。弘济艰难,对扬王休。苟非异德,旷世同流。加其忠贞,宜其徽猷。"⑤ "伊陟佐商,山甫翼周。"《文选》李善注:"《尚书》曰:在太戊时,则有若伊陟,格于上帝。《毛诗》曰:肃肃

---

① (南朝梁) 萧统编,(唐) 李善注:《文选》,中华书局1977年版,第357页。
② 同①。
③ 同①。
④ 同①。
⑤ 逯钦立辑:《先秦汉魏晋南北朝诗》,中华书局1988年版,第881页。

王命,仲山父将之也。"① 这里是说刘琨戮力晋室,就如伊陟辅佐商朝、山甫护卫周朝那样,忠贞不二。"弘济艰难,对扬王休。"《文选》李善注:"《尚书》,王曰:用敬保元子钊,弘济于艰难。《毛诗》曰:虎拜稽首,对扬王休。"② 这是说刘琨于危难之际受命,来报答、颂扬君王的恩惠。"苟非异德,旷世同流。"《文选》李善注:"言琨之德苟不异于昔贤,虽复与之旷世,若同一流也。班固议曰:汉兴以来,旷世历年。广雅曰:旷,远也。"③ 这是说刘琨的品德虽不能与先贤相比,亦是同出一流。"加其忠贞,宣其徽猷。"《文选》李善注:"《左氏传》,荀息曰:公家之利,知无不为,忠也。送往事居,偶俱无猜,贞也。《毛诗》曰:君子有徽猷。"④ 刘琨对晋室可谓是尽心竭力,赴汤蹈火,忠贞不移,至死不渝。

卢谌既曾为刘琨之别驾,朝夕相处,又加之"琨妻即谌之从母",故卢谌与刘琨十分亲厚,并始终怀有和刘琨一样匡扶晋室的理想。他的《答魏子悌诗》曰:"崇台非一干,珍裘非一腋。多士成大业。群贤济弘绩。"⑤ 魏子悌也是刘琨的幕僚,曾与卢谌共事。后卢谌为段匹䃅别驾,魏子悌有诗相赠,但已不存。卢谌作此诗相答,意在勉励友人,也是希冀所有的有识之士能齐心协力,拧成一股绳,挽救濒临灭亡的晋室。可见,卢谌耳濡目染着刘琨为晋室所做的贡献,也始终忠心于晋室,为其安稳而鞠躬尽瘁。

郭璞亦如此,始终抱有恢复故土之志。他在《与王使君诗》中对王导的赞扬、溢美,实则是寄予其能收复国土的厚望。诗曰:"怀远

---

① (南朝梁)萧统编,(唐)李善注:《文选》,中华书局1977年版,第359页。
② 同①。
③ 同①。
④ 同①。
⑤ 逯钦立辑:《先秦汉魏晋南北朝诗》,中华书局1988年版,第884页。

以文,济难以略。光赞岳漠,折冲帷幕。凋华振彩,坠景增灼。穆其德风,休声有邈。方恢神邑,天衢再廓。"① 东晋时"王与马,共天下",王氏家族在东晋掌握着半壁江山。此诗最后两句"方恢神邑,天衢再廓"是真切地寄希望于重臣王导,希望他能戮力晋室,以文治武功收复失土,统一天下。诗人想要国土完整、民族振兴之志,昭然可鉴。

此外,庾阐《从征诗》"志士痛朝危,忠臣哀主辱"② 残句也是抒发有志之士应永担使命,救王室与君主于危亡与困境之中。干宝《百志诗》:"壮士禀杰姿,气烈有自然。俯仰群众中,胡能救世艰。阅巩代缝掖,兜鍪易进贤。"③ "缝掖",大袖单衣,古儒者所服,亦指儒者。"兜鍪",古作战时戴的头盔,代指士兵,塑造了一个飒爽英姿的壮士形象。干宝希望有这样的一个英雄,能够力挽世道,也希望儒生、贤者辈出,来新化风尚。

与表达誓死捍卫晋室忠心密切相关的是志士驰骋于战场,抗战杀敌的壮举。爱国诗人真实地记录了其戎马倥偬的征旅生活,其环境之恶劣、行军之坎坷、诗人之心酸皆尽于此。刘琨《扶风歌》有:"朝发广莫门,暮宿丹水山。左手弯繁弱,右手挥龙渊。顾瞻望宫阙,俯仰御飞轩。据鞍长叹息,泪下如流泉。系马长松下,废鞍高岳头。烈烈悲风起,泠泠涧水流。挥手长相谢,哽咽不能言。浮云为我结,归鸟为我旋。去家日已远,安知存与亡。慷慨穷林中,抱膝独摧藏。麋鹿游我前,猿猴戏我侧。资粮既乏尽,薇蕨安可食。揽辔命徒侣,吟啸绝岩中。"④ "朝发广莫门,暮宿丹水山"是说刘琨率领队伍早晨从

---

① 逯钦立辑:《先秦汉魏晋南北朝诗》,中华书局1988年版,第863页。
② 同①,第876页。
③ 同①,第853页。
④ 同①,第841页。

洛阳广莫门出发,傍晚宿营在丹水山。"左手弯繁弱,右手挥龙渊。"嵇康《赠秀才入军》二十章其九:"左揽繁弱,右接忘归。"① 曹植《与杨德祖书》:"有龙渊之利,乃可以议于割断。"② "繁弱"是良弓,"龙渊"是宝剑。这两句为我们呈现了一个英气逼人、刚健勇武的战斗英雄形象。"顾瞻望宫阙,俯仰御飞轩。据鞍长叹息,泪下如流泉。"诗人再回头瞻望一下国都的宫阙,不忍直视,车子已经飞快地驶出。跨上马鞍长叹一声,眼泪如流泉般涌出。读到这里,不禁想问诗人为什么会流泪?是因为对洛阳有千万的不舍?抑或是已经预测到国都终将被攻破,晋室终将走向沦亡?盖二者皆有吧!"系马长松下,废鞍高岳头。"诗人把马系在高松之下,取下马鞍,让马休息,自己独自登上高山,这时一个孤独的落寞者便浮现在我们眼前。"烈烈悲风起,泠泠涧水流。"曹丕《杂诗》其一:"漫漫秋夜长,烈烈北风凉。"③ 作者用了"悲"来形容风之劲,一来可以看出行军的艰苦,二来也体现了壮士不畏艰难的雄心。涧水发出泠泠的清越之声,越发衬托出天气的寒冷和环境的恶劣。"挥手长相谢,哽咽不能言。"此句写诗人在高山之上远望着宫阙,不停地挥动着手臂辞别,悲叹之气郁结在喉咙里,呜呜咽咽不能成声。"浮云为我结,归鸟为我旋。"那空中飘飘浮浮的云因为诗人的悲咽之声也开始聚集,将要回家的鸟儿也为诗人此刻的情感而盘旋不前。这个落寞者有着对国都依依不舍的真挚感情,这种感情甚至能感化到旁边的浮云和鸟儿。"去家日已远,安知存与亡。"这里写诗人离家越来越远,前途未可知,存亡未可料,这是前瞻者的忧虑。"慷慨穷林中,抱膝独摧藏。"诗人在森林之中感

---

① 逯钦立辑:《先秦汉魏晋南北朝诗》,中华书局 1988 年版,第 482 页。
② (清)严可均辑:《全三国文》,中华书局 1958 年版,第 1140 页。
③ 同①,第 401 页。

慨叹息,手抱着膝盖而坐,面对此时险恶重重的现实,再想起国都的艰难境地,不禁悲痛欲绝,肝肠寸断。"麋鹿游我前,猿猴戏我侧"是说麋鹿、猿猴在诗人面前嬉戏游玩。这两句看起来很有趣味性和动态感,实则进一步烘托出环境的恶劣,营造出如曹植《赠白马王彪》七章其四中"寒蝉鸣我侧"① 的世态炎凉、周遭萧索的氛围。麋鹿这种动物,俗称"四不像"。猿猴的叫声是极其凄怆的,能催人泪下,苏轼有诗句"猿鸣三声泪沾裳",哀景衬哀情,愈加显得境遇之惨淡与悲凉。"资粮既乏尽,薇蕨安可食。"粮食供给已经缺乏殆尽,只能用野草、薇蕨来充饥。行军缺粮是兵家之大忌,士兵填不满肚子何来力气打仗,这已经预示了其在战争中的失败。"揽辔命徒侣,吟啸绝岩中。"诗人握着马缰绳招呼部从人员,在峻峭的深山中高声长吟,余音回响,仿佛听见了悬崖峭壁中回荡着的"天亡西晋"的悠长声音,这两句极见慷慨悲壮。

永嘉元年(307),刘琨出任并州刺史,加振威将军,领匈奴中郎将。官位听起来显赫,实则他只是空有头衔,手无一兵一卒。就这样,刘琨率领着自己招募的一千余人的军队,离开洛阳前往晋阳(晋阳是并州的州治所在)。当时"道险山峻,胡寇塞路"②,这支队伍"冒险而进,顿伏艰危,辛苦备尝"③,"目睹困乏,流移四散,十不存二,携老扶弱,不绝于路。及其在昔,鬻卖妻子,生相捐弃,死亡委危,白骨横野,哀呼之声,感伤和气"④。《扶风歌》直陈了行军途中的艰险及环境的恶劣,就是在这种状态之下,诗人仍然没有放弃,支撑他继续前行的是他对这个王朝的眷恋和其对脚下这片土地不容他

---

① 逯钦立辑:《先秦汉魏晋南北朝诗》,中华书局1988年版,第453页。
② (清)严可均辑:《全晋文》,中华书局1958年版,第2078页。
③ 同②。
④ 同②。

族践踏的傲骨。

志士没有仅仅沉溺于国破家亡之痛，他们以自己的亲身实践力挽颓势，想要唤醒低沉萎靡的社会，于乱世之中吹起了振兴民族的号角，这让人为之振奋。其诗歌气象宽广、境界高远、情调悲壮，钟嵘《诗品》也说："先是郭景纯用俊上之才，变创其体。刘越石仗清刚之气，赞成厥美。"也正因这些慷慨之声，可使"永嘉文学"与"建安风骨""正始之音"等相比肩。

三　无奈之叹

爱国志士始终怀揣着匡扶晋室的理想，然而他们生不逢时，现实让他们处处碰壁，故而他们也只能在诗中做无可奈何的哀叹了。这些志士或表达身在军营却不能建立功绩的自责，或表达空怀报国之志却不被重用的怨气，抑或表达对年华逝去的愧惜，这些诗歌虽是哀婉之音，却因为有对晋室的爱贯穿其中，故并不显黯淡消沉。

刘琨《答卢谌诗》八章其三就表达了自己不能建立功勋、无所建树的哀叹和自责。诗曰："咨余软弱，弗克负荷。愆衅仍彰，荣宠屡加。威之不建，祸延凶播。忠陨于国，孝愆于家。斯罪之积，如彼山河。斯衅之深，终莫能磨。"[1]"咨余软弱，弗克负荷。"《三国志·魏·孙礼传》有"臣软弱不能胜任"，这里刘琨也是在叹息自己软弱，

---

[1] 逯钦立辑：《先秦汉魏晋南北朝诗》，中华书局1988年版，第851页。

不能承受身上所背负的护卫国土的重担以及君主给予的使命。"愆衅仍彰,荣宠屡加。"《文选》李善注:"孔安国《尚书传》曰:愆,过也。杜预《左氏传》注曰:衅,瑕隙也。"① 这里刘琨是指自己曾在战争中失利,但并没有因此获罪,而且还被封为大将军,于是深感惭愧。"威之不建,祸延凶播。"《文选》李善注:"威之不建,谓为聪所败,而父母遇害也。凶播,琨自谓也,言遭凶祸而迁播。协韵,补何切。声类曰:播,散也。"② 这是说刘琨捍卫国家和抗敌的声威没有建树,却为刘聪、石勒所败,祸患灾难屡屡出现,以致父母遇害。"忠陨于国,孝愆于家"是说忠臣应死于国事,孝子不应对家庭有过失,这里刘琨仍是对父母为刘粲所掳走一事而自责。"斯罪之积,如彼山河。"《文选》李善注:"高深也。《毛诗》曰:如山如河。"③ 这里也是刘琨自责之词,认为自己愧对国家和父母。"斯衅之深,终莫能磨。"李善引《毛诗》:"白圭之玷,尚可磨也。"④ 这里诗人是说自己的罪过实在太深,终究不能消除。

刘琨被段匹磾拘留之后,作《赠卢谌诗》记叙了其对现实境遇不满却又无力改变的状态,最后将诸种无奈都化作了哀叹。诗曰:"握中有悬璧,本自荆山璆。惟彼太公望,昔在渭滨叟。邓生何感激,千里来相求。白登幸曲逆,鸿门赖留侯。重耳任五贤,小白相射钩。苟能隆二伯,安问党与仇。中夜抚枕叹,相与数子游。吾衰久矣夫,何其不梦周。谁云圣达节,知命故不忧。宣尼悲获麟,西狩涕孔丘。功业未及建,夕阳忽西流。时哉不我与,去乎若云浮。朱实陨劲风,繁英落素秋。狭路倾华盖,骇驷摧双辀。何意百炼钢,化为绕指柔。"

---

① (南朝梁)萧统编,(唐)李善注:《文选》,中华书局1977年版,第356页。
② 同①。
③ 同①。
④ 同①。

"握中有悬璧,本自荆山璆。"① "悬璧""荆山璆"皆是美玉,诗人以美玉自喻,是说自己品行高尚。"惟彼太公望……小白相射钩。"这八句先后以姜子牙为周文王赏识而后辅周武王建国、邓禹为汉光武帝赏识而后助其建帝业、陈平为汉高祖献计而帮其脱险、张良为汉高祖筹谋而使其保全、五贤始终追随晋文公而替其脱难、管仲为齐桓公重用而成其霸主这些典故来激励卢谌也能被明主赏识建立丰功伟绩。"苟能隆二伯,安问党与仇。"这是承转句,是说若能使晋文公与齐桓公成就霸主,又何必计较曾经是同伙还是仇敌呢。刘琨这里实指如果能匡扶晋室,保其安稳,也不必介意与鲜卑族段匹䃅结盟。这些都是诗人自己所想,然而现实却不能如其所愿。"中夜抚枕叹,相与数子游。"曹植《美女篇》:"盛年处房室,中夜起长叹。"② "数子",《文选》李善注:"数子,谓太公以下也,言数子皆能陈谋以静乱,故己想之而共游。"③ 这是说诗人仰慕前贤,希望也能像他们那样在危难之际受任,而后平定叛乱,保一国之安稳。"吾衰久矣夫,何其不梦周。"李善引《论语·述而》:"甚矣,吾衰也;久矣!吾不复梦见周公。"何晏解释:"孔子衰老不复梦见周公,明盛时梦见周公,欲行其道也。"④ 这里诗人意在说晋室一片狼藉,国运衰微,纲常紊乱,礼崩乐坏。"谁云圣达节,知命故不忧"意为谁说圣哲的人能够通达礼节操守秩序,乐天知命就不会忧愁。诗人对自己为段匹䃅被拘一事不能坦然相对,即国家仍处乱世,因为振复晋室的梦想还未实现,不想就如此了却一生,故不能够做到乐天知命的超脱。"宣尼悲获麟,西狩涕孔丘。"李善引《孔从子·记问》:"叔孙氏之车子鉏商樵于野而获

---

① (南朝梁)萧统编,(唐)李善注:《文选》,中华书局1977年版,第357页。
② 逯钦立辑:《先秦汉魏晋南北朝诗》,中华书局1988年版,第432页。
③ 同①。
④ 同①。

麟焉，众莫之时，以为不祥，弃之五复之衢，冉有告曰：麏身而肉角。岂天之妖乎。夫子往观焉。泣曰：麟也。麟出而死。吾道穷矣！"① 这里也是表达晋朝衰微，种种预兆显示其将要灭亡，诗人想到如此满含悲痛。"功业未及建，夕阳忽西流。"曹丕《燕歌行》二首其一："星汉西流夜未央"② 意为晚暮时光来之迅速。诗人直抒功业未建而空增年岁，似乎也意识到自己此次被拘，离死亡亦不远矣。"时哉不我与，去乎若云浮。"李善引《论语·阳货》："日月逝矣，时不我与。"③ 诗人仍是感叹时光的流逝如白云的漂浮转瞬即去，为自己所用者着实不多。"朱实陨劲风……骇驷摧双辀" 意为成熟之果实在劲风中陨落，繁茂之花朵在素秋中凋谢。华盖在狭路中倾覆，车之双辕会被受惊之马摧毁。这四句仍是暗指自己将会为段匹磾杀害，有向卢谌求救之意。"何意百炼钢，化为绕指柔。"这两句是千古名句，最为人传颂。怎会意想到千锤百炼之钢而今竟可绕指？这是刘琨自喻英雄失志，俯仰由人，可谓悲哀之极！

《赠卢谌诗》集中表现了诗人意志与残酷现实的矛盾。他想要得到明主的赏识，然而现实却是生不逢时。他想要有所作为，然而现实却是年华已逝，自身又为段匹磾所拘。个人的理想在现实境遇下变得虚无缥缈，句句都是无可奈何的惆怅。晋室之危亡，是多种因素作用的结果，又岂是一个人所能改变的，故诗人最终也走向了生命悲剧。

郭璞的诗歌中也充溢着无奈的感叹。其《答贾九州愁诗》三首其三就表达了自己报国无门、徒费时光的无奈。诗曰："自我徂迁，周之阳月。乱离方矤，忧虞匪歇。四极虽遥，息驾靡脱。愿言齐衡，庶

---

① （南朝梁）萧统编，（唐）李善注：《文选》，中华书局1977年版，第357页。
② 逯钦立辑：《先秦汉魏晋南北朝诗》，中华书局1988年版，第394页。
③ 同①。

几契阔。虽云暗投,圭璋特达。绵驹之变,何有胡越。子固乔楚,我伊罗葛。无贵香明,终自澉渴。未若遗荣,闷情丘壑。逍游永年,抽簪收发。"① "自我徂迁,周之阳月。" "徂迁",迁徙。陆机《饮马长城窟行》:"戎车无停轨,旌旆屡徂迁。"② "阳月",农历十月。这两句是说郭璞自己于农历十月过江南渡。"乱离方焮,忧虞匪歇。" "焮",炽盛。"忧虞",忧虑。这两句是说诗人南渡以后,仍饱受乱离之苦,内心常怀忧虑。"四极虽遥,息驾靡脱。" "四极",四方极远之地。《楚辞·离骚》:"览相观于四极兮,周流乎天余乃下。"③ "息驾",停车休息。这两句是说诗人一直处于奔波之中。"愿言齐衡,庶几契阔。" "齐衡",平衡,与心相平。"庶几",希望。这两句是说诗人与贾九州之间的契阔友谊。"虽云暗投,圭璋特达。" "明月",代指明珠。"圭璋",是古代大臣朝见天子时手中拿的玉器。这两句是说诗人报国无门,自己不被人接纳,抒发壮志难酬的情绪。"绵驹之变,何有胡越。" "绵驹",春秋时齐国歌手。"胡越",胡与越,泛指北方和南方的各民族。这两句是说绵驹可以改变风俗,使南方和北方民风相近。"子固乔楚,我伊罗葛。" "乔楚""罗葛"应是两种药材。这里诗人以药材自喻,是说自己与友人贾九州德才皆备,却苦于无所用。"无贵香明,终自澉渴。"与上两句相扣,意为既然不为所用,倒不如自我超脱。"未若遗荣,闷情丘壑。逍游永年,抽簪收发。"这是说诗人有志不获骋,有才不能展,只能去求仙隐逸了。

诗人即使求仙隐逸,也不能忘却初衷,即收复失土的愿望,可残酷的现实却不给他机会,他也只能做无可奈何的哀叹了。如《游仙

---

① 逯钦立辑:《先秦汉魏晋南北朝诗》,中华书局1988年版,第863页。
② 同①,第659页。
③ 林家骊译注:《楚辞》,中华书局2012年版,第23页。

诗》其五："逸翮思拂霄，迅足羡远游。清源无增澜，安得运吞舟。珪璋虽特达，明月难暗投。潜颖怨清阳，陵苕哀素秋。悲来恻丹心，零泪缘缨流。"①"逸翮"，指高飞的鸟。"迅足"，指骏马。意为能够高飞的鸟儿其志向是冲上云霄，能够奔腾的骏马其志向在远游千里。"清源"两句意为平静清澈的河流，怎么容纳得下能够吞舟的大鱼呢？"珪璋"两句暗指残忍的王敦请诗人做官，诗人不愿意。也基于此，后来王敦在策划谋反时让郭璞卜筮，郭璞冒着生命的危险进行劝阻。"潜颖怨清阳，陵苕哀素秋。""潜颖"是指生长在暗处的禾穗。"陵苕"，凌霄花。这两句是说幽暗之处的禾穗因为生长在隐蔽的地方，得不到阳光的照射。凌霄花开得高高的，无所遮蔽，素秋一到，仍是落得凋谢的命运。诗人已经意识到遁世便不能舒展才能，而入世太深也终会落得悲惨结局，究其原因，这是生活在乱世的悲剧，纵有一身才智却也无可奈何。"悲来"二句是全诗的主旨，道出了志士的无奈，空有一颗报国为民之心却无能为力。想到这里，诗人的泪就不由自主地沿着帽缨流了下来。诗人落泪不仅仅是为自己才智不得施展，更重要的是他看到国家灾难将至，百姓将遭到涂炭，他希望自己能够挽回这一可怕的局面，可是在那样一个动荡的年代，其一己之作用又是何其微小啊！

此外，郭璞的诗中也有一些对年华逝去的感慨和惋惜。如《游仙诗》其四："临川哀年迈，抚心独悲咤。"又如《游仙诗》其十四："静叹亦何念，悲此妙龄逝。在世无千月，命如秋叶蒂。兰生蓬芭间，荣耀常幽翳。"② 时光本就如流水，以其固定的自然规律运作着，可敏感的诗人却将时间的永恒运转和人的周遭变化进行对比，便显得时间

---

① 逯钦立辑：《先秦汉魏晋南北朝诗》，中华书局1988年版，第865-866页。
② 同①，第866页。

是那么的悠长而无情，人在其面前显得又是那么的渺小甚微。

　　刘琨与郭璞均有在困境中的无奈之叹，一个是"何意百炼钢，化为绕指柔"的铮铮傲骨，一个是"寻我青云友，永与时人绝"的飘飘洒脱。但不管是刘琨的金刚怒目还是郭璞的隐逸超脱，他们的诗歌都是为自己不能挽救国家而发出的无奈之叹，他们之于晋室始终都是怀着"怒其不争，哀其不幸"的痛惜之情。

第三章　游仙诗歌探析

两晋之际的动荡，使得有识之士壮志难酬。在不可抗拒的现实面前，人们有两种选择：一是对抗现实，以自己的生命做垂死挣扎，来换取更多人的警醒；一是超越现实，服药求仙，以增加生命的长度。前一种吹响了两晋之际的爱国高歌，后一种则催化了两晋之际的游仙诗篇。

在永嘉之前，已有不少诗人如曹植、嵇康、成公绥、张华、张协等都写过游仙诗，他们或营造一个与世隔绝的山林世界，如嵇康《游仙诗》："遥望山上松，隆谷郁青葱。"① 或借游仙来排遣现实的苦闷，如曹植《游仙诗》："人生不满百，戚戚少欢娱。意欲奋六翮，排雾陵紫虚。"② 也有对仙境的描绘，如张协《游仙诗》："峥嵘玄圃深，嵯峨天领峭。亭管笼云钩，修梁六三曜。兰苞盖领披，清风绿隙啸。"③ 但还不是很充分。直到两晋之际的庾阐、郭璞，他们才对神仙世界有了全面的描绘，在他们的诗中有了更为多彩的神仙意象，更为丰富的仙境之景。

---

① 逯钦立辑：《先秦汉魏晋南北朝诗》，中华书局1988年版，第488页。
② 同①，第455页。
③ 同①，第748页。

一　仙境之游

庾阐的游仙诗注重对仙境之景的描绘，其《游仙诗》十首中有八首都是整首诗呈现神仙之衣食住行，只有其三、其四和其六出现了仙人意象并描写了仙人活动。他对仙境的描绘包括对仙人居住环境的描绘、对灵草仙药的描绘和对仙人神功的描绘。

（一）仙人所居

古人认为神仙所居住的地方主要有三处，即天宫、山岳和河海。所以，在游仙诗中，诗人描述的游仙地点也是这三处。在庾阐的游仙诗中对天宫的描绘有五处，涉及的意象有玉堂、广庭、玄堂、瑶台、玉房。《游仙诗》十首其一："玉堂临雪岭。"① "玉堂"，神仙的居处，即天宫。《文选·左思〈吴都赋〉》："玉堂对霤，石室相距。"② "雪岭"，积雪的山岭。诗人笔下的天宫与雪岭相接，更体现出其洁白高耸、超尘脱俗。其二："俯步朝广庭。"③ "广庭"，宽阔的厅堂，即天庭，只一个"广"字便可看出天庭之开阔。其八："瑶台藻构霞

---

① 逯钦立辑：《先秦汉魏晋南北朝诗》，中华书局1988年版，第875页。
② （南朝梁）萧统编，（唐）李善注：《文选》，上海古籍出版社1986年版，第208页。
③ 同①。

绮。"①"瑶台",传说中的神仙居处,即天宫。晋王嘉《拾遗记·昆仑山》:"傍有瑶台十二,各广千步,皆五色玉为台基。"②"藻",水藻。"构",落叶乔木,叶卵形,花淡绿色。"霞绮",艳丽多彩如锦绮的云霞。可见,不仅瑶台华美,而且其旁边的装饰也是绚丽多彩。其十:"玉房石枸磊砢。"③"玉房",玉饰的房屋,指神仙的居处。《汉书·礼乐志》:"神之出,排玉房,周流杂,拔兰堂。"④"石枸",指宫殿。"磊砢",壮大高耸貌。《文选·王延寿〈鲁灵光殿赋〉》:"万楹丛倚,磊砢相扶。"李善注:"磊砢,壮大之貌。"⑤神仙的宫殿由玉而砌,已显通透,而又壮阔高大,足见其气势不凡。由以上四例可见,神仙所居住的天宫大都具有高耸壮阔、装饰华美的特征。

在庾阐的游仙诗中对山岳的描绘有十处,涉及的意象有神岳、崆峒、昆吾、昆仑、三山、瀛洲、神丘、九嶷山、昆阳、灵崖。如其一:"神岳竦丹霄。"⑥"神岳"是对山岳的敬称,言其具有灵异性。曹植《远游篇》:"灵鳌戴方丈,神岳俨嵯峨。"⑦"丹霄",指绚丽的天空。贾谊有诗:"青青云寒,上拂丹霄。"神岳与丹霄相接,不仅显其灵异,更显其笔直巍峨。其三:"崆峒临北户,昆吾眇南陆。"⑧"崆峒",崆峒山。相传是黄帝问道于广成子之所。也称空同、空桐。《庄子·在宥》:"黄帝立为天子,十九年,令行天下,闻广成子在于

---

① 逯钦立辑:《先秦汉魏晋南北朝诗》,中华书局1988年版,第875页。
② (晋)王嘉撰,(梁)萧绮录,齐治平校注:《拾遗记》,中华书局1981年版,第221页。
③ 同①。
④ (清)王先谦撰:《汉书补注》,中华书局1983年版,第489页。
⑤ (南朝梁)萧统编,(唐)李善注:《文选》,上海古籍出版社1986年版,第513页。
⑥ 同①。
⑦ 同①,第434页。
⑧ 同①。

空同之上,故往见之。"① "北户",古国名,借指南方边远地区。李善注引《尔雅·释地》:"觚竹、北户、西王母、日下,谓之四荒。"② 秦李斯《琅玡台刻石》:"六合之内,皇帝之土。西涉流沙,南尽北户,东有东海,北过大夏。人迹所至,无不臣者。"③ "昆吾",昆吾山。《山海经·中山经》:"又西二百里曰昆吾之山,其上多赤铜。"郭璞注:"此山出名铜,色赤如火,以之作刃,切玉如割泥也。"④ "南陆",南方大地。《后汉书·律历志下》:"是故日行北陆谓之冬,西陆谓之春,南陆谓之夏,东陆谓之秋。"⑤ 陶渊明《述酒》诗:"重离照南陆,鸣鸟声相闻。"⑥ 这两句意为从崆峒山上往下可以看见南方的边远地区,在昆吾山上远远也可以看见南方大地,诗人从两座巍峨的高山鸟瞰,南方大地一览无余,有悠远苍茫之感。其四:"三山罗如粟。"⑦ "三山",传说中海上的三座神山。晋王嘉《拾遗记·高辛》:"三壶,则海中三山也。一曰方壶,则方丈也;二曰蓬壶,则蓬莱也;三曰瀛壶,则瀛洲也。"⑧ 宋苏轼《奉和陈贤良》诗:"三山旧是神仙地,引手东来一钓鳌。"诗人使用"三山"这个意象,无疑给诗歌涂抹了一层神秘的色彩,再加上其又"罗如粟"更显其灵异,故这里必是藏神卧仙之处。由以上几例,可见山岳云雾弥漫,嵯峨陡峭甚至与云霄相接,苍茫神秘,极其灵异。

---

① 孙通海译注:《庄子》,中华书局2007年版,第187页。
② (南朝梁)萧统编,(唐)李善注:《文选》,上海古籍出版社1986年版,第205页。
③ (清)严可均辑:《全秦文》,中华书局1958年版,第122页。
④ 袁珂:《山海经校注》,上海古籍出版社1980年版,第122-123页。
⑤ (清)王先谦撰:《后汉书集解》,中华书局1984年版,第1077页。
⑥ 逯钦立辑:《先秦汉魏晋南北朝诗》,中华书局1988年版,第1102页。
⑦ 同⑥,第875页。
⑧ (晋)王嘉撰,(梁)萧绮录,齐治平校注:《拾遗记》,中华书局1981年版,第20页。

在庾阐的游仙诗中对河海的描绘有七处，涉及的意象有南海、北溟、五河、八流、巨壑、沧海、赤水。如其二："南海纳朱涛，玄波洒北溟。"①"南海"，泛指南方的海。"玄波"，巨浪。晋葛洪《抱朴子·论仙》："蹈炎飙而不灼，蹑玄波而轻步。"②"北溟"，亦作北冥，北方最远的大海。《庄子·逍遥游》："北冥有鱼，其名为鲲，鲲之大不知其几千里也。"③陆云《登台赋》："北溟浩以扬波兮，青林焕其兴蔚。"④这两句是说南海能够容纳红色波涛的汹涌，北海可以承载巨浪的打击，"纳""洒"两字显示了南海与北海的吞吐日月、包孕万千的广阔无垠，以及洪涛巨浪澎湃激扬的气势，整体呈现出南海与北海中风波怒吼、浪涛汹涌的壮阔景象。其三："昆仑涌五河，八流萦地轴。"⑤"昆仑"，昆仑山，亦作"昆仑"，古代神话传说，昆仑山上有瑶池、阆苑、增城、县圃等仙境。《庄子·天地》："黄帝游乎赤水之北，登乎昆仑之丘。"⑥《楚辞·离骚》："遭吾道夫昆仑兮，路修远以周流。"⑦"五河"神话传说中的五色之河。《汉书·司马相如传下》："徧览八纮而观四海兮，朅度九江越五河。颜师古注：'五河，五色之河也。《仙经》说有紫、碧、绛、青、黄之河。'"⑧"八流"指渭、汉、洛、泾、汝、泗、沔、沃八水。张华《博物志》卷一："八流，亦出名山。渭出鸟鼠，汉出嶓冢，洛出熊耳，泾出少室，汝出燕泉，泗出陪尾，沔出月台，沃出太山。"⑨"地轴"，古代传说中大地

---

① 逯钦立辑：《先秦汉魏晋南北朝诗》，中华书局1988年版，第875页。
② （晋）葛洪著，王明撰：《抱朴子内篇校释》，中华书局1985年版，第202页。
③ 孙通海译注：《庄子》，中华书局2007年版，第4页。
④ （清）严可均辑：《全晋文》，中华书局1958年版，第2032页。
⑤ 同①。
⑥ 同③，第203页。
⑦ 林家骊译注：《楚辞》，中华书局2012年版，第30页。
⑧ （清）王先谦撰：《汉书补注》，中华书局1983年版，第1192页。
⑨ （晋）张华撰，范宁校证：《博物志校证》，中华书局1980年版，第11页。

的轴。张华《博物志》卷一："地有三千六百轴，犬牙相举。"① 昆仑山上涌动着五色之河，地轴之上萦绕着八条支流。"涌""萦"两字体现出河水气势较大，喷薄而出，并且分布较密，景观奇异。由以上两例可见，神仙所居住的河海大都具有星罗棋布、汹涌澎湃的特征。

（二）仙人所食

在庾阐的游仙诗中还详细地描绘了仙人的饮食，他们食奇花异草、灵丹仙药，饮神泉之水，吸植物之精华。

在庾阐的游仙诗中对奇花、异草、玉树等植物的描绘有十二处，涉及的意象有琼树华、瑶泉井、紫芝、丹菊、琼草、丹桂、鲜荣、松明、云英、玉蕊、玉膏、石髓、玉树、奇卉、芳津、碧叶、石英、琼葩。如其五："荧荧丹桂紫芝，结根云山九疑。鲜荣夏馥冬熙，谁与薄采松期。"② 前两句中，"荧荧"，光艳貌。《文选·宋玉〈高唐赋〉》："玄木冬荣，煌煌荧荧。"李善注："煌煌荧荧，草木花光也。"③ "丹桂"，桂树的一种。"结根"，即植根，扎根。《古诗十九首·冉冉孤生竹》："冉冉孤生竹，结根泰山阿。""云山"，高耸入云之山。汉蔡琰《胡笳十八拍》："云山万里兮归路遐，疾风千里兮扬尘沙。"④ "九疑"，亦作"九嶷"，山名。《山海经·海内经》："南方苍梧之丘，苍梧之渊，其中有九嶷山，舜之所葬，在长沙零陵界中。"⑤ 这两句意为香树丹桂与仙草紫芝长势丰茂、光艳动人，它们扎根于高

---

① （晋）张华撰，范宁校证：《博物志校证》，中华书局 1980 年版，第 10 页。
② 逯钦立辑：《先秦汉魏晋南北朝诗》，中华书局 1988 年版，第 875 页。
③ （南朝梁）萧统编，（唐）李善注：《文选》，上海古籍出版社 1986 年版，第 876 页。
④ 同②，第 202 页。
⑤ 方滔译注：《山海经》，中华书局 2009 年版，第 277 页。

耸入云之山与舜之所葬的九疑山,其出生不凡,成长环境不俗,故而有荧荧光艳之气质。后两句中,"鲜荣",鲜花。《文选·宋玉〈登徒子好色赋〉》:"寤春风兮发鲜荣,絜斋俟兮惠音声。"李善注:"鲜荣,华也。"① "馥",香气。李善引潘岳《射雉赋》:"彳亍中辍,馥焉中镝。"② "熙",光明,明亮。李善引《尔雅》:"熙,光也。"③ "谁与",即"与谁"。"薄",语助词,无义。"采",即采摘。这两句意为鲜花在夏天绽开,香气四散,在冬天得到阳光的照耀便和乐自足,诗人又自问与谁约定一起去采松子。这首诗主要写的是香树、灵草、鲜花的生长不凡,光艳夺人。又如其八:"朝喇云英玉蕊,夕挹玉膏石髓。"④ "云英",云母的一种。晋葛洪《抱朴子·仙药》:"又云母有五种……五色并具而多青者名云英,宜以春服之。"⑤ 唐白居易《早服云母散》诗:"晓服云英漱井华,寥然身若在烟霞。""玉蕊",玉的精英。《汉武内传》:"王母曰:'昌城玉蕊,夜山火玉,有得食之,后天而老。'""玉膏",玉的脂膏,古代传说中的仙药。《山海经·西山经》:"丹水出焉……其中多白玉,是有玉膏。其原沸沸汤汤,黄帝是食是飨。郭璞注引《河图玉版》:'少室山,其上有白玉膏,一服即仙矣。'"⑥ "石髓",即石钟乳,可入药。《晋书·嵇康传》:"康又遇王烈,共入山,烈尝得石髓如饴,即自服半,余半与康,皆凝而为石。"⑦ 这两句意为诗人早晨服食云母与玉蕊,傍晚舀取

---

① (南朝梁)萧统编,(唐)李善注:《文选》,上海古籍出版社1986年版,第894页。
② 同①。
③ 同①。
④ 逯钦立辑:《先秦汉魏晋南北朝诗》,中华书局1988年版,第875页。
⑤ (晋)葛洪著,王明撰:《抱朴子内篇校释》,中华书局1985年版,第202页。
⑥ 袁珂:《山海经校注》,上海古籍出版社1980年版,第41页。
⑦ (唐)房玄龄:《晋书》第5册,中华书局1974年版,第1370页。

玉脂膏与石钟乳。诗人所服食的这些精华，在我们今天来看都是毒药，然而诗人却甘之如饴，飘飘登仙。

此外，庾阐的游仙诗中也有对诗人所饮的灵泉之水的描绘。涉及的意象有瑶泉、玉泉，分布在其一、其四。如其一："下挹瑶泉井。"① "瑶泉"，即仙泉，是说仙人舀仙泉之净水而饮。"瑶泉"之水清凉甘甜，诗人饮之必心旷神怡。其四："玉泉出灵凫。"② "玉泉"，传说中昆仑山上的泉名。王充《论衡·谈天》引司马迁曰："《禹本纪》言'河出昆仑……其上有玉泉、华池'。"今本《史记·大宛列传论》作"醴泉、瑶池"③。"灵凫"，相传汉明帝时，邺令王乔有神术，每月朔自县诣尚书台，帝怪其来而无车骑，密令太史候望，见有双凫从东南飞来，因伏伺，见凫来，举罗，但得一双舄。唐王勃《九成宫颂》："仙鹤随轮，灵凫坠舄。"可谓是什么环境滋养什么名物，只有玉泉才能飞出灵凫，这是神与灵的相配。由此可见，诗人所食均是植物之英华，所服均是矿物之精髓，所饮也是灵泉之净水，所以才能高蹈尘外、超逸逍遥。

（三）仙人之乐

在庾阐的游仙诗中，只有其三、其四、其六三首涉及仙人意象及仙人活动。仙人意象有邛疏、赤松、封子、玄俗、子明、琴高。如其三："邛疏炼石髓，赤松漱水玉。凭烟眇封子，流浪挥玄俗。"④ "邛疏"，《列仙传》："邛疏者，周封史也。能行气炼形。煮石髓而服之，

---

① 逯钦立辑：《先秦汉魏晋南北朝诗》，中华书局1988年版，第875页。
② 同①。
③ （汉）司马迁：《史记》，中华书局2006年版，第720页。
④ 同①。

谓之石钟乳。"① "赤松子",《列仙传》:"赤松子者,神农时雨师也。服水玉以教神农,能入火自烧。"② "封子",《列仙传》:"宁封子者,黄帝时人也,世传为黄帝陶正。有人过之,为其掌火,能出五色烟,久则以教封子。封子积火自烧,而随烟气上下。"③ "玄俗",《列仙传》:"玄俗者,自言河间人也。饵巴豆,卖药都市,七丸一钱,治百病。河间王病瘕,买药服之,下蛇十余头。问药意,俗云:'王瘕,乃六世余殃下堕,即非王所招也。王常放乳鹿,怜母也,仁心感天,故当遭俗耳。'王家老舍人自言:'父世见俗,俗形无影。'王乃呼俗日中看,实无影。王欲以女配之,俗夜亡去。"④ 邛疏能运内气修炼身体,烧煮石髓服食,逾百岁高龄,步履仍矫捷身轻。赤松子服食水晶,把它教给神农,能够在烈火中任火烧烤。宁封子学会了烧出五色烟的方法,用柴火烧自己,身体能随烟升降。玄俗为河间王施神药,却托言河间王放鹿布恩、仁心感天而本该得到医治,河间王想以女配之,玄俗则连夜逃走。诗人主要记叙了四位神仙服石炼气,炼丹养生,身熔火炉,行善积德的事迹和神功,展现了神仙生活的光怪陆离与超然脱尘。又如其四:"白龙腾子明,朱鳞运琴高。"⑤ "子明",《列仙传》:"陵阳子明者,乡人也,好钓鱼于旋溪。钓得白龙,子明惧,解钩拜而放之。后得白鱼,腹中有书,教子明服食之法。"⑥ "琴高",《列仙传》:"琴高者,赵人也……后辞,入涿水中取龙子,与诸弟子期曰:'皆洁斋待于水傍。'设祠,果乘赤鲤来,出坐祠中。"⑦

---

① (汉)刘向:《列仙传》,上海古籍出版社1990年版,第6页。
② 同①,第1页。
③ 同②。
④ 同①,第24页。
⑤ 逯钦立辑:《先秦汉魏晋南北朝诗》,中华书局1988年版,第875页。
⑥ 同①,第23页。
⑦ 同①,第6页。

这两句意为陵阳子明钓得白龙而得道成仙,琴高取得红鲤而后脱离世事,仙人获得神物而超逸世俗。由以上两例可以看出庾阐诗中的仙人都服食丹药,经过独特的方法修炼而成,然后具有神异的能力,其形象大都超尘脱俗、潇洒飘逸。

在玄风弥漫的东晋诗坛,游仙诗的存在无疑是万花丛中的一点绿,而庾阐的《游仙诗》之所以能够占有一席之地,这与其丰富的仙境与仙人内容密不可分,在其诗中有壮丽奇异的山水,有光彩艳人的奇花异草,有神奇的灵丹妙药,也有光怪陆离的神仙生活。在游仙这种诗歌题材的发展过程中,庾阐的游仙诗是不可缺少的一环。此外,在艺术上,庾阐的游仙诗意象奇异,境界宏大开阔,有开阔描绘仙境之功。但是庾阐的游仙诗很少有寄托,即为写景而写景,咏怀之成分较少。直到郭璞,其游仙诗才兼具列仙之趣与坎壈咏怀。

二 列仙之趣

刘勰《文心雕龙·才略》:"景纯艳逸,足冠中兴,《郊赋》既穆穆以大观,《仙诗》亦飘飘而凌云矣。"[①] 刘勰盛赞郭璞游仙诗,认为其既有潇洒飘飘之仙趣,又有凌云之壮志。郭璞的一部分游仙诗对仙境有着丰富的描绘,对仙人的神态容貌有着精细的刻画,表现了其对隐遁山林、服药长生、羽化登仙的真诚向往,这也正是其"列仙之

---

① 周振甫:《文心雕龙今译》,中华书局1986年版,第425页。

趣"的内容,按其具体内容笔者将其分为神仙自游和人仙共游。

(一) 神仙自游

神仙自游,即诗人在诗中只着力描绘仙人的出现,以及其在仙境中自由畅玩的情形。郭璞《游仙诗》其六就呈现了一幅群仙嬉戏图,诗曰:"杂县寓鲁门,风暖将为灾。吞舟涌海底,高浪驾蓬莱。神仙排云出,但见金银台。陵阳挹丹溜,容成挥玉杯。姮娥扬妙音,洪崖颔其颐。升降随长烟,飘飘戏九垓。奇龄迈五龙,千岁方婴孩。燕昭无灵气,汉武非仙才。""杂县"两句,《文选》李善注:"《国语》曰:'海鸟曰爰居,止于鲁东门外三日,臧文仲使国人祭之。'展禽曰:'越哉臧文仲之为政也。今海鸟至,已不知而祀之,以为国典,难以言仁且知矣。今兹海其有灾乎?夫广川之鸟兽,常知风而避其灾也。是岁也,海多大风,冬暖。'文仲曰:'信吾过也。'贾逵注曰:'爰居,杂县也。'"① 这两句意为海鸟杂县降到鲁国之门,海上忽然刮起了暖和的风,预示着一场灾难将要来临。"吞舟"四句,《文选》李善注:"吞舟,即吞舟之鱼。汉书,齐威、宣、燕昭使人入海,求蓬莱、方丈、瀛州。此三神山者,仙人及不死之药皆在焉,而黄金白银为宫阙,未至望之如云。"② 这四句意为能够吞舟的大水从海底涌出,高高的海浪驾起了蓬莱。就在此时,神仙一个接一个冒出来,还露出了黄金白银宫殿。由此可见,仙人的出场不同凡响,先是杂县降到鲁国之门,海上刮起暖风,接着吞舟巨鱼涌出海底,海浪托起蓬莱山,这紧张的前奏,浓重的氛围,愈加衬托出仙人的奇异与神秘。

---

① (南朝梁)萧统编,(唐)李善注:《文选》,中华书局1977年版,第308页。
② 同①。

"陵阳"八句描绘了四个仙人嬉戏的热闹场面。先看"陵阳"两句,"陵阳",即陵阳子明。"容成公",李善引《列仙传》:"容成公者,自称黄帝师,见于周穆王,能善补导之事,发白复黑,齿落复生。事老子,亦云老子师。"①"挥",以手挥之。"玉杯",李善引《神仙传》:"茅君学道于齐,不见使人,金案玉杯,自来人前。"② 这两句意为陵阳子明采食玉石脂,容成公手挥玉杯。再看"姮娥"两句,"姮娥",李善引《淮南子》:'羿请不死之药于西王母,嫦娥窃而奔月。"③"洪崖",李善引《神仙传》:"卫叔卿与数人博,其子度曰:向与博者为谁?叔卿曰:'是洪崖先生。'"④ 这两句意为嫦娥唱起了美妙的歌声,洪崖频频点头赞扬。"升降"两句,"升降随长烟",指的是宁封子积火自烧,随烟上下。"飘飘戏九垓",李善引《淮南子》:"卢敖游乎北海,至于蒙谷之上,见一士焉。卢敖仰视之,乃与语曰:'唯敖为背群离党,穷观于六合之外者,非敖而已。今卒睹夫子,于是始可与敖为交乎?'士笑曰:'今子游始于此,而语穷六合,岂不亦远哉!然子处矣,吾与汗漫期于九垓之上,吾不可以久居。'士举臂而竦身,遂入云中。卢敖视之,弗见乃止。"⑤ 是说士竦身入云赴九垓之约。"奇龄"两句,《文选》李善注:"郑玄《礼记》注曰:'龄,年也。'遁甲开山图,荣氏解曰:'五龙,皇后君也。昆弟五人,皆人面而龙身。长曰角龙,木仙也;次曰征龙,火仙也;次曰商龙,金仙也;次曰羽龙,水仙也;次曰宫龙,土仙也。父与诸子同得仙,治在五方。'孔安国《论语》注曰:'方,比方也。'释文曰:'人初

---

① (南朝梁)萧统编,(唐)李善注:《文选》,中华书局1977年版,第308页。
② 同①。
③ 同①。
④ 同①。
⑤ 同①。

生曰婴儿。'《说文》曰：'孩，小儿笑也。'"① 这两句意为这些仙人的年龄已达千岁，超过五龙加在一起的年纪了，然而他们脸上还洋溢着婴儿般的笑。诗人把这些仙人都安排在蓬莱仙山上，让他们各显神通，各尽其乐，自由自在地聚在一起游玩，呈现了仙人之逍遥生活，让人对此向往，渴求成仙。最后"燕昭"两句，《文选》李善注："燕昭使人入海求蓬莱。《汉武内传》，西王母曰：'刘彻好道，然形慢神秽。虽当语之以至道，殆恐非仙才也。'"② 是说燕昭王无神灵之气，汉武帝非求仙之才，其求仙均以失败而告终。

结句笔锋忽然一转，从仙界转回到了人间，燕昭王与汉武帝乃帝王，他们想要求仙，占据更多的人力、财力等条件，然而却失败了，诗人在这里似乎想说，仙界虽美妙，仙人虽逍遥，但凡人却不能达到，这意味着求仙之事本就不可靠，我们凡人还是应扎根于现实生活，面对现实生活。这也正体现出了诗人的自我矛盾：他渴求着羽化登仙，但又不能放下自己的志向及理想，甚至还有尘俗的诱惑。也正因如此，才使郭璞游仙诗能够超越前人，即写仙之时充分运用自己的想象与浪漫主义气质，将仙境描绘得华美无比，将仙人的生活写得洒脱自在，然而却没有止于这些，他时刻能转回现实，时刻能想到国家的危难与自身的处境。仙境与现实兼备，飘而有实。

（二）人仙共游

在郭璞的游仙诗中，描绘神仙自游的只有上述其六，更多的是人仙共游，其三、其九、其十、其十二、其十四皆是。人仙共游，是凡

---

① （南朝梁）萧统编，（唐）李善注：《文选》，中华书局1977年版，第308页。
② 同①。

人为超越现实而进行的仙事活动,其游仙地点不在仙界而在人间,所游之人不是仙人而是隐士。如郭璞《游仙诗》其三就描绘了一幅人仙共游图,诗曰:"翡翠戏兰苕,容色更相鲜。绿萝结高林,蒙笼盖一山。中有冥寂士,静啸抚清弦。放情凌霄外,嚼蕊挹飞泉。赤松临上游,驾鸿乘紫烟。左挹浮丘袖,右拍洪崖肩。借问蜉蝣辈,宁知龟鹤年。"① 前两句,"兰苕",兰花。谢灵运《南楼中望所迟客》:"瑶华未堪折,兰苕已屡摘。"② 这两句意为翡翠和兰花交相辉映,更加显示其光艳鲜亮。"绿萝"两句,"绿萝",《文选》李善注:"陆机《毛诗草木疏》曰:'松萝蔓松而生,枝正青。'毛诗曰:'茑与女萝,施于松柏。'毛苌曰:'女萝,松萝也。'"③ 这两句意为绿萝的蔓枝缠绕着高树,郁郁葱葱覆盖着一山。前边这四句描绘了深山之中植被长势丰茂,颜色鲜亮悦人,空气清新,环境幽静,远离尘嚣,为后面隐士的出场做了铺垫。"中有"四句,《文选》李善注:"冥,玄默也。"④ "啸",撮口作声。"凌霄",直上云霄。李善引《淮南子·原道训》:"乘云凌霄,与造化者俱。"又引《后汉书·文苑传下·郦炎》:"舒吾凌霄羽,奋此千里足。"⑤ 这四句意为深山之中有位隐士,口吹清啸,手抚琴弦。感情自由奔放,直冲云霄,又食新鲜之花蕊,饮灵泉之水。诗人塑造了一位洒脱潇逸的隐士,其兴趣高雅,饮食洁净,自由自在,逍遥欢乐。"赤松"两句意为赤松子服食水玉,入火不烧,随风雨上下。隐士的洒脱风神,竟引得赤松子这位仙人与之相聚。"左挹"两句,《文选》李善注:"《列仙传》曰:'浮丘公接王子乔以

---

① 逯钦立辑:《先秦汉魏晋南北朝诗》,中华书局1988年版,第875页。
② 同①,第1173页。
③ 同①,第307页。
④ (南朝梁)萧统编,(唐)李善注:《文选》,中华书局1977年版,第307页。
⑤ 同④,第307页。

上嵩高山。'《说文》曰：'拍，拊也，普白切。'《西京赋》曰：'洪崖立而指麾。'《神仙传》曰：'卫叔卿与数人博，其子度曰：向与博者为谁？叔卿曰：是洪崖先生。'"① 这两句广为传颂，意为这位隐士左拉着浮丘公的袖子，右拍着洪崖先生的肩膀，彼此之间亲密友好，人与仙实现了同游。最后"借问"两句，《文选》李善注："《大戴礼·夏小正》曰：'蜉蝣朝生而暮死。'《养生要论》曰：'龟鹤寿有千百之数，性寿之物也。道家之言，鹤曲颈而息，龟潜匿而噎，此其所以为寿也。服气养性者法焉。'"② 这两句意为问一下朝生暮死的蜉蝣，可知道龟鹤的年寿。这两句中，诗人仍是回归现实，斥责蜉蝣辈小人，只知蝇头小利，目光短浅，眼界狭隘。

在这首诗中，诗人描绘了隐士生活环境的高雅幽静，生活的无忧无虑，并因此招来仙人与其共游，这是诗人因对现实不满而幻想出的理想生活，也希望自己能摆脱世俗而来去自由。仙人对隐士的青睐，似乎表现了诗人"此处不留爷，自有留爷处"的不羁，即对晋室统治者不重用自己的"报复"，而诗人又为何会有如此大的怨恨？究其原因，还是放不下，即他仍是处于矛盾中，希望自己能一展抱负，可晋室不给他机会，既然得不到机会，那么就放下世俗去隐逸游仙，然而他却不能完全放弃，仍流连于世俗。如此，诗人便始终无法冲出这个牢笼，也才会在结句以善于养生的龟鹤自比，鄙视那些朝生暮死的蜉蝣辈小人。

郭璞《游仙诗》其十，也是描绘了一幅人仙共游图。诗曰："璇台冠昆岭，西海滨招摇。琼林笼藻映，碧树疏英翘。丹泉漂朱沫，黑水鼓玄涛。寻仙万余日，今乃见子乔。振发睎翠霞，解褐被绛绡。总

---

① （南朝梁）萧统编，（唐）李善注：《文选》，中华书局1977年版，第307页。
② 同①。

鳌临少广，盘虬舞云韬。永偕帝乡侣，千岁共逍遥。"前两句，"昆岭"，即昆仑山。《楚辞·离骚》："路不周以左转兮，指西海以为期。"①《山海经·南山经》："招摇之山，临于西海之上。"② 这两句意为诗人所追寻的仙人在昆仑山之璇台，招摇山之下的西海。"琼林"四句，"丹泉"，仙泉，饮之不死。这四句是说仙人居住的周围环境，有笼罩着水藻的琼林，环绕着英翘的碧树，丹泉上漂浮着朵朵红沫，黑水之上鼓动着玄涛，是一个与世隔绝的地方。"寻仙"两句，"子乔"，《列仙传》："王子乔者，周灵王太子晋也。好吹笙，作凤凰鸣。游伊洛之间，道士浮丘公接以上嵩高山三十余年。后求之于山上，见桓良曰：'告我家，七月七日待我于缑氏山巅。'至时，果乘白鹤驻山头，望之不得到。举手谢时人，数日而去。亦立祠于缑氏山下，及嵩高首焉。妙哉王子，神游气爽。笙歌伊洛，拟音凤响。浮丘感应，接手俱上。挥策青崖，假翰独往。"③ 这两句意为诗人终于在今天见到了寻找多年的王子乔。"振发"四句，是说诗人处在极为放松的状态，解褐濯发披绛绡，与少广虬龙在山上翩跹起舞。诗人为何如此欣喜若狂？只是因为现实压抑得他无法喘气，压抑越深重，诗人越想逃到仙境。最后"永偕"两句，就是表达自己想要挣脱现实的束缚，实现精神世界的逍遥游。由此便可彻底摆脱现实，远离压抑他的东晋王朝，而进入一个无牵无绊、无忧无虑的世界，所以这首诗看来是表达诗人想要与现实彻底决裂，而求仙访道，实则还是对现实的控诉。

上述两首游仙诗，主要表现的是"列仙之趣"的内容，展示了仙人自游或诗人与仙人共游的逍遥乐趣，但其中的"点睛"之笔也包含

---

① 林家骊译注：《楚辞》，中华书局2012年版，第31页。
② 方韬译注：《山海经》，中华书局2009年版，第277页。
③ 王叔岷：《列仙传校笺》，中华书局2007年版，第65页。

作者的愤怒情绪,即郭璞对现实从来就没有彻底放弃过,其心灵深处始终关怀着东晋之安危、百姓之生死及一己之抱负,故在每首游仙诗的中间或者结尾部分来表现其坎壈之境,展示真实的自我。

三 坎壈咏怀

钟嵘《诗品》评价郭璞的游仙诗"辞多慷慨,乖远玄宗,而云'奈何虎豹姿',又云'戢翼栖榛梗'。乃是坎壈咏怀,非列仙之趣也"。钟嵘所说的这两句诗虽已不传,但仍能证明郭璞的游仙诗并非单纯歌咏仙道,而是有所寄托,其所咏之怀既有因东晋王朝对其压抑的悲愤,也有对时光匆匆流去的感慨和惋惜。

(一) 愤世之叹

郭璞的游仙诗中,表现愤世嫉俗之情绪的内容占有很大的比重,主要分布在每首游仙诗中间或末尾部分,那些诗句仿佛是作者的神来之笔,最能表现其思想。上述其三、其十的结句即是,又如其七结尾几句:"王孙列八珍,安期炼五石。长揖当途人,去来山林客。"[①] 这首诗前边主要写自己对仙药灵草的钟爱,相信服食它们能够延年益寿,并直陈其归隐山林之志,但最后这几句却是对当时的豪门旺族、

---

① 逯钦立辑:《先秦汉魏晋南北朝诗》,中华书局1988年版,第866页。

荣华显贵之人的讥刺,鄙视他们虽食美味佳肴却炼不出五彩石,不会延年长寿,更讥讽他们沉于世俗,心为凡尘之事所累,不如自己隐逸山林孑然一身而快活自在。其一在歌咏隐逸之乐时,自觉不自觉地插上一句:"朱门何足荣,未若托蓬莱。"① 表示自己不屑荣华、蔑视权贵,只一心向往蓬莱仙境之情。其九末尾几句:"东海犹蹄涔,昆仑蝼蚁堆。遐邈冥茫中,俯视令人哀。"② 这首诗前边主要是写自己服食登仙、驰骋天衢,但在快收尾之时却逆转笔锋,写自己自上而下俯视国土,看到其支离破碎之情状顿生哀怨,在飘飘凌仙之中充溢着愤懑,这和阮籍的《咏怀》诗在韵味上极其相似。

郭璞身上有一种与生俱来的浪漫气质,对于自己这种常怀愤世之情而抑郁寡欢的情形,他自己便找到了解决的方式,即隐逸以超脱。隐士是实现由凡人变仙人的一个中介过程,而隐逸的山林是由人间通往仙界的桥梁。要想实现由人到仙的质变,需要通过修炼,在郭璞的游仙诗中其修炼方式主要有两种,即坐忘与悟道。

在郭璞的游仙诗中,有不少关于隐士修"坐忘"之功情景的描绘。如其二:"青溪千余仞,中有一道士。云生梁栋间,风出窗户里。借问此何谁,云是鬼谷子。翘迹企颍阳,临河思洗耳。阊阖西南来,潜波涣鳞起。灵妃顾我笑,粲然启玉齿。蹇修时不存,要之将谁使。"③ 诗的前两句交代了隐士修炼的地方,即青溪。"云生"四句,《文选》李善注:"《史记》曰:'苏秦东事师于齐而习于鬼谷先生。'徐广曰:'颍川阳城有鬼谷。'《鬼谷子》序曰:'周时有豪士隐于鬼谷者,自号鬼谷子,言其自远也。'然鬼谷之名,隐者通号也。"④ 所

---

① 逯钦立辑:《先秦汉魏晋南北朝诗》,中华书局1988年版,第865页。
② 同①,第866页。
③ 同①,第865页。
④ (南朝梁)萧统编,(唐)李善注:《文选》,中华书局1977年版,第306页。

以这里的隐者鬼谷子应是诗人自己,这四句描绘了隐士即诗人行"坐忘"之功的情形。隐者闭目端坐,双手平放于膝前,聚精会神地调整着气息,头顶上的梁栋间云雾弥漫,耳畔之间有习习清风吹过,并飘出窗外。此时天地不存于心,物我皆忘,精神飘忽逍遥,进入了老子所谓的"惟恍惟惚"的状态。"阊阖"六句则峰回路转,写了洛水女神宓妃的出现,顾盼而笑,粲然启齿,诗人内心激动,想要邀她授道,可没有像蹇修一样的媒人,所以没能成功,而最后一句"要之将谁使"也体现了诗人求仙失败的淡淡失落。

郭璞《游仙诗》其八则描绘了隐者"悟道"的情形。诗曰:"旸谷吐灵曜,扶桑森千丈。朱霞升东山,朝日何晃朗。回风流曲棂,幽室发逸响。悠然心永怀,眇尔自遐想。仰思举云翼,延首矫玉掌。啸傲遗世罗,纵情在独往。明道虽若昧,其中有妙象。希贤宜励德,羡鱼当结网。"①"旸谷"六句写诗人登高的所见和所感。"悠然"六句是写诗人"悟道"的情形。诗人思接千载,视通万里,其意念摆脱了世间的牢笼,如有翼之鸟,腾空而飞,遗世独立,纵然往来,在探索"道"。老子《道德经》第二十一章:"孔德之容,惟道是从。道之为物,惟恍惟惚。惚兮恍兮,其中有象;恍兮惚兮,其中有物;窈兮冥兮,其中有精,其精甚真,其中有信,自今及古,其名不去,以阅众甫。吾何以知众甫之状哉?以此。"②"道",没有清楚的固定实体,是恍恍惚惚的。虽然暗昧,但其中有微妙奇特的景象。诗人在其中游览了一番,又回归到了现实,"希贤宜励德,羡鱼当结网",与其临渊羡鱼,不如退而结网,渴慕隐逸,不如去隐逸,这正是他自诫之语。

---

① 逯钦立辑:《先秦汉魏晋南北朝诗》,中华书局1988年版,第866页。
② (三国魏)王弼注,楼宇列校释:《老子道德经注校释》,中华书局,2008年版,第52-53页。

(二) 忧生之嗟

在郭璞的游仙诗中，经常充溢着对时光如流水的感慨和惋惜，如游仙诗其四："六龙安可顿，运流有代谢。时变感人思，已秋复愿夏。淮海变微禽，吾生独不化。虽欲腾丹溪，云螭非我驾。愧无鲁阳德，回日向三舍。临川哀年迈，抚心独悲咤。"① "六龙"两句，《文选》李善注："《楚辞》曰：'贯鸿蒙以东揭兮，维六龙于扶桑。'王逸曰：'结我车辔于扶桑以留日，幸得延年寿也。'《庄子》，黄帝曰：'阴阳四时运行，各得其序。'《淮南子》曰：'二者代谢舛驰。'高诱曰：'代，更也。谢，叙也。'"② 意为日神乘车，驾以六龙，没有停顿的时候，一年四季相互更替按照顺序运行。"时变"两句意为四时的更替容易引起人的惆怅，虽进入秋天却仍希望是夏天。"淮海"两句意为鼋鼍鱼鳖进入淮海莫不能化，只有人不可以，这里诗人表达了对生命短暂的哀叹。"虽欲"两句，曹丕《论郤俭等事》："夫生之必死，成之必败。然而惑者，望乘风云，冀与螭龙共驾，适不死之国。国即丹溪，其人浮游列缺，翱翔倒景，然死者相袭，丘垄相望，逝者莫反，潜者莫形，足以觉也。"③ 诗人想要对东晋王朝有所贡献，却因出身寒微而不得机会。"愧无"两句，《文选》李善注："《淮南子》曰：'鲁阳公与韩遘难，战酣日暮，援戈而麾之，日为之反三舍。'许慎曰：'二十八宿，一宿为一舍。'"④ 这两句是说诗人自愧没有鲁阳公之才德，举长戈向日挥舞，使太阳倒退三个星座，这是诗人对于时光

---

① 逯钦立辑：《先秦汉魏晋南北朝诗》，中华书局1988年版，第865页。
② （南朝梁）萧统编，（唐）李善注：《文选》，中华书局1977年版，第307页。
③ （清）严可均辑：《全三国文》，中华书局1958年版，第1095页。
④ 同②。

匆匆的无奈哀叹。"临川"两句,《文选》李善注:"《论语》,子在川上曰:'逝者如斯。'《尚书》曰:'日月逾迈。'孔安国曰:'如日月之并过。'《仪礼》曰:'妇人拊心不哭。咤,叹声也。'《楚辞》曰:'忧不暇兮寝食,咤增叹兮如雷。'"① 这两句直接表达诗人对年华流逝的无奈和老之将至的悲哀,这是一种深沉的生存忧患意识。

作为一个道教信仰者,郭璞为解决生命短暂的问题而找到的方法是养生以延寿。在其游仙诗中,用来养生延寿的方式主要有两种,即施用道术和服食仙药。

道无术不行。道教徒往往都擅长些道术,"啸"就属于其中一种。"啸"是隐士、道教徒的一种撮口而呼的气功。阮籍与隐士孙登就擅长啸法,《晋书·阮籍传》:"籍尝与苏门山遇孙登,与商略终古及栖神道气之术,登皆不应,籍因长啸而退。至半岭,闻有声若鸾凤之音,响乎岩谷,乃登之啸也。"② 这表明"啸"是隐士生活中的重要娱乐内容,也是其高傲不屈的性情象征。郭璞的《游仙诗》其三:"静啸抚清弦,放情凌霄外。"③ 诗人用"啸"是说隐者修炼时,极为放松自由,自然而然地呼气而发啸声,以表现其超然物外的神韵。又如其八:"啸傲遗世罗,纵情在独往。"④ 其中之"啸",就把隐者企图冲破世网、超尘脱俗的神态一览无余地表现出来。隐者炼"啸",精神放松,可以使其保持童心,长处年轻状态。

除了修炼道术,古之隐者还注重服灵丹仙药、食天地之气以延年益寿。郭璞《游仙诗》其一:"临源挹清波,陵冈掇丹荑。"⑤ 其三:

---

① (南朝梁)萧统编,(唐)李善注:《文选》,中华书局1977年版,第307页。
② (唐)房玄龄:《晋书》第5册,中华书局1974年版,第1362页。
③ 同②,第866页。
④ 同③。
⑤ 同②,第865页。

"放情凌霄外，嚼蕊挹飞泉。"① 其九："采药游名山，将以救年颓。"②其十一："登岳采五芝，涉涧将六草。散发荡玄溜，终年不华皓。"这里的仙药有"丹荑"、花蕊、"五芝""六草""玄溜"。"丹荑"，指初生的赤芝。《本草经》："赤芝，一名丹芝，食之延年。凡草之初生，通名曰荑，故曰丹荑。"③ "五芝"，传说的五种神芝，色彩各不相同，服之可以长生不死。《本草经》："赤芝一名丹芝，黄芝一名金芝，白芝一名玉芝，黑芝一名玄芝，紫芝一名木芝。"④ "六草"，不详，也应是道教徒认为的仙草。"玄溜"，黑色的泉流，有黑发之功用。诗人所提到的这些仙草灵药都可延年益寿。除了这些灵药，郭璞还提到了食气来养生，如"吐纳致真和，一朝忽灵蜕"⑤。呼出污秽之气，而吸入清新之气，便可"致真和"，即招入真气了。

上述可见，郭璞深信道教的养生之道，且不论其中之法是否可行，单是为郭璞这种为解决生命短暂问题而做出的积极探索精神，就应给予尊重和敬意。

综上，庾阐的游仙诗注重对仙境之景的描绘，极大地丰富了神仙世界内容，有开拓仙境描绘之功。而郭璞的游仙诗不仅呈现了奇特的神仙世界，同时还寓一己之怀抱于其中，更加深了游仙这种诗歌题材的内涵。此外，庾阐、郭璞二人的游仙诗意象独特、造境奇异、用词慷慨，其艺术成就已然达到了同类诗歌的高峰。

---

① （唐）房玄龄：《晋书》第3册，中华书局1974年版，第865页。
② 同①，第866页。
③ （南朝梁）陶弘景编，尚志钧辑：《本草经集注》，人民卫生出版社1994年版，第184页。
④ 同③，第184-185页。
⑤ （唐）房玄龄：《晋书》第5册，中华书局1974年版，第867页。

第四章　山水诗、爱情诗及其他

东晋初期，山水诗兴起。其兴起原因可以从三个方面来分析：一是政治上，晋室南渡，偏安于一隅，朝野上下气氛压抑，文士想要解脱放松；二是自然条件上，江左景色秀美，风光旖旎，文士们徜徉于其中，身心安宁，能够暂时忘却现实的烦恼；三是意识形态上，"自然与名教合一"的玄学思潮仍是文士人格建构的主要思想资源。在此三者作用下，山水诗便得以兴起并获得了发展。

一　山水诗探析

范文澜注《文心雕龙·明诗》"庄老告退，山水方滋"指出："写山水之诗起自东晋初庾阐诸人。"在庾阐之前，有不少人写过关于山水内容的诗，如曹操的《观沧海》，就被认为是我国诗歌史上的第一首山水诗，曹植、嵇康等人的诗歌中也有大量关于山水的描写，但那些山水景物都是诗人感情的承载物，诗人们或借助其抒写人生感慨，或用其来表现社会忧愤，但都没有将山水作为独立的内容来描写，也没有对其进行精细刻画。直到庾阐、谢灵运才具有独立的山水审美意识，着意去抒写山水诗。庾阐有七首山水诗，这在庾阐的诗歌和同时期山水诗作中都占有很大的比重，其山水诗七首为《三月三日诗》《三月三日临曲水诗》《江都遇风诗》《衡山诗》《采药诗》①、《观石鼓诗》《登楚山诗》，按照其纪游方式可以将其分为参加民俗活动之诗和行览之诗两类。

（一）民俗活动之诗

庾阐描写民俗活动之诗，包括《三月三日诗》和《三月三日临曲水诗》。三月三日即农历三月初三，是中国古代的上巳节，其中心活动是祓禊，祓禊的主要目的是为了祛除不洁与疾病。古人认为疾病缠身，是由于邪魔附体所致，所以便用水来驱除身上的邪魔。《周礼·春官·女巫》："女巫掌岁时祓除、衅浴。郑玄注：'岁时祓除，如今三月上巳如水上之类。衅浴，谓以香熏草药沐浴。'"② 可见在周朝时已有在三月三日举行祭祀活动的传统了。孙诒让引《后汉书·礼仪志（上）》："三月上巳，官民皆洁于东流水上，曰洗濯祓除去宿垢疢为大洁。洁者，言阳气布畅，万物讫出，始洁之矣。"③ 到东汉，三月三日禊集已发展成为一种官民咸与的祈福活动。《晋书·礼志（下）》："汉仪，季春上巳，官及百姓皆禊于东流水上，洗濯祓除去宿垢。而自魏以后，但用三日，不以上巳也。晋中朝公卿以下至于庶人，皆禊

---

① 王澍先生在其《魏晋玄学与玄言诗研究》中认为庾阐的这首《采药诗》应属于游仙诗，徐公持先生在《魏晋文学史》中则将其归入山水诗，现从徐公持先生之说。
② （清）孙诒让撰：《周礼正义》，中华书局1987年版，第8册，第2075页。
③ 同②，第2076页。

洛水之侧。赵王伦篡位，三日会天泉池，诛张林。怀帝亦会天泉池，赋诗。陆机云：'天泉池南石沟引御沟水，池西积石为禊堂。'本水流杯饮酒，亦不言曲水。元帝又诏罢三日弄具。海西于钟山立流杯曲水，延百僚，皆其事也。"① 可见到晋朝时，三月三日禊集的宗教神秘性淡化，从一种带有宗教性质的祭祀仪式流变为普世咸与的春游宴乐活动了。

在庾阐之前，已有不少以"三月三日"和"上巳"为题写春禊活动的诗。如张华的《太康六年三月三日后园会诗》四章、陆机的《三月三日诗》、潘尼的《上巳日帝会天渊池诗》《皇太子上巳日诗》、闾丘冲的《三月三日应诏诗》、王赞的《三月三日诗》等，这些诗或为皇帝、皇太子祈福颂德，或记叙宴乐之活动，但都缺乏对山水景物的观照，直到庾阐的上述两首诗，才对自然山水进行了着力描绘，有了对自然山水的审美体验。

《三月三日诗》："心结湘川渚，目散冲霄外。清泉吐翠流，渌醽漂素濑。悠想盻长川，轻澜渺如带。"② "心结"两句，意为诗人身处在湘水中的洲渚之上，极目远眺，一览云霄以外之景。"心结"是说诗人与眼前之景相融，"目散"是说诗人与遥望之景同怀，一"心"一"目"，一"结"一"散"，俯仰之间，近景和远景都成了诗人所观照的对象。"清泉"两句，"渌醽"，美酒名。宋王安石《寄酬曹伯玉因以招之》："思君异日投朱绂，过我何时载渌醽？"明杨慎《禁直春寒》："欲分青藜火，共举渌醽杯。""濑"，从沙石上流过的急水。这两句意为清澈的泉水掉落，汇聚成翠绿的河流，盛着美酒的杯子在白色的激流上飘荡。"吐""飘"两字体现了水之动感和诗人之欢快

---

① （唐）房玄龄：《晋书》第 3 册，中华书局 1974 年版，第 671 页。
② 逯钦立辑：《先秦汉魏晋南北朝诗》，中华书局 1988 年版，第 873 页。

情绪。"悠想"两句意为，诗人远远地望着湘水的粼粼波浪，隐隐如飘带一般。诗人将有限的视觉和无限的想象结合在一起，呈现了自然景物的奇美与玄妙。诗人徜徉于山水景物之中而暂时忘记世俗之纷扰，全诗呈现出一种冲淡悠远的意味。

《三月三日临曲水诗》："暮春濯清汜，游鳞泳一壑。高泉吐东岑，洄澜自净浟。临川叠曲流，丰林映绿薄。轻舟沈飞觞，鼓枻观鱼跃。"① "暮春"两句写了诗人在三月三上巳节时到曲水荡舟观鱼。"高泉"四句是说泉水从东岑山飞流下来，迂回激荡，发出叮叮咚咚的声响，沿着地形向蜿蜒曲折的河里流去，两岸是交相辉映的茂密树林与绿野。"轻舟"两句意为诗人泛舟于曲水之上，饮酒观鱼，怡然自乐。这首诗用"濯""泳""吐""叠""映""沈""观"七个动词，将游鳞的翕然往来，泉水的流动跌宕，林野的交相映带，诗人的饮酒观鱼活动表达得细致入微，以白描的手法将暮春的山水之景与上巳节热闹的场景都呈现了出来，充溢着诗人陶醉于其中的愉悦情绪。

在上述两首诗里，自然山水都成为诗人主体体验的审美对象，并且还充溢着诗人陶醉于其中而怡然自得的情趣。诗人在俯仰之间体察着自然山水所蕴含的美，并将对于这种美的喜爱流露于诗歌之中。

顺带一提，晋末闾丘冲有《三月三日应诏诗》两首，王赞有《三月三日诗》一首，也都有对三月三日上巳节以水濯尘活动和对春天之景的描绘，如："微风扇秽，朝露医尘。""上荫丹幄，下藉文茵。""临川挹盥，濯故洁新。""俯镜清流，仰睇天津。"但其主要是夸饰

---

① 逯钦立辑：《先秦汉魏晋南北朝诗》，中华书局1988年版，第865页。

宫殿的华丽和鼓吹奉承皇上的圣明,如"今我哲后,古圣齐芳。惠此中国,以绥四方"等,他们并没有将山水之景作为独立的审美对象来观照。

(二) 行览之诗

庾阐的五首行览山水诗,除第二章提到的《登楚山诗》由写眼前之景而叹山河割裂之痛,属登临抒怀之作。其余几首都重在记叙途中所遇之自然气象,视野开阔,山水景物描绘逼真,有的还充溢着玄思。

如《江都遇风诗》:"天吴踊灵夔,将驾奔冥霄。飞廉振折木,流景登扶摇。洪川仵宿浪,跃水迎晨潮。仰眄蠛玄云,俯听聒悲飚。""天吴"两句,"天吴",水神名。《山海经·海外东经》:"朝阳之谷,神曰天吴,是为水伯。"① 《山海经·大荒东经》:"有神人,八首人面,虎身十尾,名曰天吴。"② 前两句意为水神天吴在灵夔中踊起,将要驾着马车冲向苍茫的云霄。"踊""奔"两字体现了水神出现的气势之大,速度之快,先声夺人,营造出壮阔的诗歌意境。"飞廉"两句,"飞廉",风神,一说能致风的神禽名。《楚辞·离骚》:"前望舒使先驱兮,后飞廉使奔属。"③ "流景",闪耀的光彩。汉张衡《西京赋》:"流景内照,引曜日月。"④ 曹植《七启》:"佩则结绿悬黎,宝之妙微,符采照烂,流景扬辉。"⑤ "扶摇",飙风,盘旋而上的暴风。

---

① 方滔译注:《山海经》,中华书局 2009 年版,第 200 页。
② 同①,第 230 页。
③ 林家骊译注:《楚辞》,中华书局 2012 年版,第 20 页。
④ (清) 严可均辑:《全晋文》,中华书局 1958 年版,第 763 页。
⑤ 同④,第 1142 页。

《庄子·逍遥游》："鹏之徙于南冥也，水击三千里，抟扶摇而上者九万里。"① 晋葛洪《抱朴子·交际》："灵乌萃于玄霄者，扶摇之力也。"② 这两句意为大风呼啸而过，折断树枝，闪耀之光彩卷入其中盘旋而上。"振""登"两字体现了大风来势凶猛，有席卷万物之势。"洪川"两句，"宿浪"，指夜晚的浪。唐骆宾王《晚泊河曲》诗："叠花开宿浪，浮叶下凉飙。"这两句意为夜晚之浪久立于滚滚的洪水之中，跳跃起来的水正迎接早晨的潮汐。一"伫"一"迎"，一静一动，就把海水的起伏汹涌之情状呈现了出来。"仰盼"两句意为，在上诗人可以仰视收缩的玄云，在下可以俯听悲怆的暴风声。俯仰视听之间，便体察了宇宙的风云。"蹙""聒"两字衬出了风云的变幻莫测，以及诗人的紧张情绪。"玄""悲"两字包含诗人对苍茫宇宙的认识，并寄托了自己的悲沉感情。整首诗意象壮大，境界开阔，节奏紧促，气势雄浑，基调悲异，称得上是写风的佳作。

又如《观石鼓》："命驾观奇逸，径骛造灵山。朝济清溪岸，夕憩五龙泉。鸣石含潜响，雷骇震九天。妙化非不有，莫知神自然。翔霄拂翠岭，绿涧漱岩间。手澡春泉洁，目玩阳葩鲜。"③ "命驾"两句是说诗人为了观赏到奇景，径自造访灵山。"朝济"两句是说诗人早晨渡过清溪之岸，晚上休息于五龙泉边。可见诗人兴致盎然，自由自在。"鸣石"两句意为山石相互撞击，鸣声遥远，雷声滚滚仿佛要震破九天。"妙化"两句是赞叹自然的神奇，如有鬼斧神工，妙化万物。"翔霄"两句意为青山与云霄相接，彼此辉映，翠绿的涧水荡洗着岩石。如此美景，正是由大自然所造。"手澡"两句意为诗人为美景所

---

① 孙通海译注：《庄子》，中华书局2007年版，第4页。
② （晋）葛洪著，杨明照撰：《抱朴子外篇校笺》上册，中华书局1991年版，第428页。
③ 逯钦立辑：《先秦汉魏晋南北朝诗》，中华书局1988年版，第865页。

激,玩乐之心大起,用手拍打着洁白的清水,眼睛游赏着被阳光照耀而发出艳丽色彩的奇花异草。在这首诗里,诗人对自然美景没有停止于眼观耳听,还用手拍打起水来,如此诗人便与自然之景融合在一起,有"人在画中游"之意境。

再如《衡山诗》:"北眺衡山首,南睨五岭末。寂坐挹虚恬,运目情四豁。翔虬凌九霄,陆鳞困濡沫。未体江湖悠,安识南溟阔。"①"北眺"两句,"五岭",亦作"五领",是大庾岭、越城岭、骑田岭、萌渚岭、都庞岭的总称。《史记·张耳陈余列传》:"北有长城之役,南有五岭之戍。《索隐》:'裴氏《广州记》云:大庾,始安、临贺、桂阳、揭阳,斯五岭。'"② 这两句意为诗人深处衡山之中向北远眺可以看见衡山之首,向南睥睨可以看见五岭之末。"寂坐"两句写诗人寂然凝虑,于虚静之中思考,放目远望,情思飘散于四方。这两句带有明显的玄思意味。"翔虬"两句,分别化用庄子《逍遥游》中的大鹏鸟扶摇而上者九万里和《天运》中的泉涸之鱼与其相濡以沫不如相忘于江湖的典故。意为翔虬可以凌云而上,而陆鳞却被困于涸辙之内,这是诗人凝神冥想而得到的感悟。"未体"两句承接上两句,意为涸辙之鲋没有体会到江湖之优哉,大鹏鸟若不能展翅高飞又怎么能认识到南溟的辽阔。相比上两首诗的壮阔气势,这首诗更显得冲淡悠远。

通过分析这几首诗,我们可以看出庾阐的山水诗已经具有"纪游—写景—悟理"之模式,实为谢灵运"纪游—写景—抒情—悟理"模式之先声。且庾阐山水诗已经将自然之景物作为独立的审美对象,对其进行刻意的勾画,这也是对之前有关于山水内容诗歌的超越。此外,庾阐山水诗的意境或壮阔雄浑,或冲淡悠远,但都与景物相融,

---

① 逯钦立辑:《先秦汉魏晋南北朝诗》,中华书局1988年版,第874页。
② (汉)司马迁:《史记》第8册,中华书局1959年版,第2573-2574页。

既不落写景之单调，又不落玄思之寡味，情趣与韵味兼具。

此外，郭璞《游仙诗》中也有对自然之景的描绘，如："璇台冠昆岭，西海滨招摇。琼林笼藻映，碧树疏英翘。丹泉漂朱沫，黑水鼓玄涛。"但其仍然没有将山水作为审美的对象，且诗人之旨趣也不在游山玩水上，故在这里不进行分析。

二 爱情诗探析

两晋之际社会动荡，民生凋敝，文士写关于爱情内容的诗歌虽少，却也还有。查逯钦立辑校的《先秦汉魏晋南北朝诗》，属于这一时期的爱情诗主要有杨方《合欢诗》五首、王鉴《七夕观织女诗》一首，甄述《美女诗》两句也应属于爱情题材，在这里笔者主要探析杨方的五首《合欢诗》。

杨方的合欢诗写得较为通俗易懂，所用意象也较常见。五首诗均为一个痴情女子表达对爱情的执着和深挚，前两首主要写了女主人公对他们"合欢"生活的美好憧憬。其一："虎啸谷风起，龙跃景云浮。同声好相应，同气自相求。我情与子亲，譬如影追躯。食共并根穗，饮共连理杯。衣共双丝绢，寝共无缝裯。居愿接膝坐，行愿携手趋。子静我不动，子游我不留。齐彼同心鸟，譬此比目鱼。情至断金石，胶漆未为牢。但愿长无别，合形作一躯。生为并身物，死为同棺灰。秦氏自言至，我情不可俦。"[1] 其二："磁石引长针，阳燧下炎烟。宫

---

[1] 逯钦立辑：《先秦汉魏晋南北朝诗》，中华书局1988年版，第860页。

商声相和，心同自相亲。我情与子合，亦如影追身。寝共织成被，絮用同功绵。暑摇比翼扇，寒坐并肩毡。子笑我必哂，子戚我无欢。来与子共迹，去与子同尘。齐彼蛩蛩兽，举动不相捐。惟愿长无别，合形作一身。生有同室好，死成并棺民。徐氏自言至，我情不可陈。"①其一前两句化用《楚辞·七谏·谬谏》："虎啸而谷风至兮，龙举而景云属。"② 意为老虎长啸谷底就会起风，飞龙升起就会有祥云聚集。"同声"两句，来源《易·上经·干》："同声相应，同气相求。水流湿，火就燥。"③ 这里意为志趣相同之人互相响应，自然地结合在一起。"秦氏"即秦嘉，曾因新妇不在，自身又要远役，而作《留郡赠妇诗》。其二"阳燧"，古代利用日光取火的凹面铜镜。《周礼·秋官·司烜氏》："司烜氏掌以夫遂取明火于日，汉郑注：'夫遂，阳遂也。'贾公彦疏：'以其日者，太阳之精，取火于日，故名阳遂。'孙诒让正义：'古阳遂盖用窐镜，故《凫氏》注云：隧在鼓中，窐而生光，有似夫隧。'"④ "炎烟"，炎热的烟气。南朝宋谢灵运《还故园作见颜范二中书》诗："何意冲飚激，烈火纵炎烟。"⑤ "蛩蛩兽"，《山海经·海外北经·西次四经》："有素兽焉，状如马，名曰蛩蛩。"⑥ "相捐"，相离，相弃。《列子·杨朱》："生相怜，死相捐。"⑦ "徐氏"，即徐淑，秦嘉之妻。徐氏与秦嘉互为知己，相和相爱，在秦嘉客死他乡后，徐淑的兄弟逼她改嫁，她"毁形不嫁，哀恸伤心"。

两首诗分别以虎啸风起、龙跃云从、磁石引针、阳燧下烟起兴，

---

① 逯钦立辑：《先秦汉魏晋南北朝诗》，中华书局1988年版，第860页。
② 林家骊译注：《楚辞》，中华书局2012年版，第280页。
③ （清）李道平撰：《周易集解纂疏》第12册，中华书局1994年版，第33页。
④ （清）孙诒让撰：《周礼正义》第12册，中华书局1987年版，第2909-2910页。
⑤ 同①，第1174页。
⑥ 方滔译注：《山海经》，中华书局2009年版，第197页。
⑦ 杨伯峻撰：《列子集释》，中华书局1985年版，第222页。

接着便幻想了夫妻之间如影相随、寸步不离的美好场景。所食之饭是由并根穗谷煮成，所饮之水是由连理之木杯盛满，所穿之衣是由双丝绢帛裁出，所盖之被是由无缝之裯制成。至于坐、行、起、居，更是要与夫君一起。世上哪有那么多的并根穗谷、连理之枝、双丝绢帛、无缝之裯。若坐行都腻在一起，那还能干成什么事？这些心愿还不算无理，更无理的是女主人公生要与夫君合躯并身，死更要化为同棺之灰。这些事情根本难以实现，女主人公却偏偏以此为愿，为什么？不过是爱之深、情之切罢了。在女主人公心中，她希望与夫君的恋情之坚贞可利断金石、固逾胶漆。诗人层层铺排的比喻，也只是为展示女主人公真挚厚重的热烈之心。合欢之诗，只有"合"才会有"欢"，诗中的"但愿长无别"之"愿"字，隐隐透露出上述的种种合欢之意，不过是女主人公的一厢情愿罢了。两诗之结尾，又有："秦氏自言至，我情不可俦。""徐氏自言至，我情不可陈。"女主人公以此自比，或许可以猜测，她也正处于离别的痛苦之中，也正因此，她才整日里怀着痴情的渴望，描摹着、憧憬着种种合欢的景象。

  诗人没有止于对女主人公的憧憬的描绘，而是使其由幻想回到了现实。其三："独坐空室中，愁有数千端。悲响答愁叹，哀涕应苦言。彷徨四顾望，白日入西山。不睹佳人来，但见飞鸟还。飞鸟亦何乐，夕宿自作群。"[①] 这是对女主人公自身处境的描绘。她独自一人空坐于窗前，千万端的愁丝涌上心头，不由自主地发出哀叹、吐出苦言，然而回应她的却是空响与哀涕。她徘徊四望，不知不觉中夕阳已西下，然而时间空空流逝，夫君却依然不归，只是看到倦飞的鸟儿回来。鸟儿的乐趣何在，不过是双宿双飞、成群结伴。诗人以群鸟来衬托自己

[①] 逯钦立辑：《先秦汉魏晋南北朝诗》，中华书局1988年版，第860页。

的孤独寂寞,与上两首的极欢娱美好之景象相比,这首诗愈加显得沉痛悲凉,这便是理想与现实的差距。这首诗在内容上写游子远戍、新妇空等,语言上精炼工整、朴素自然,感情抒发上率真而委婉,这与《古诗十九首》的内容和风格相像。

如果仅仅将注意力落在女主人公一己之身上,诗歌无疑显得单调而乏味,于是诗人借女主人公之想象,描绘了男主人公的处境与情况。其四:"飞黄衔长辔,翼翼回轻轮。俯涉渌水涧,仰过九层山。修途曲且险,秋草生两边。黄华如沓金,白花如散银。青敷罗翠彩,绛葩象赤云。爰有承霞枝,紫荣合素芬。扶疏垂清藻,布翘芳且鲜。目为艳彩回,心为奇色旋。抚心悼孤客,俯仰还自怜。踌躅向壁叹,揽笔作此文。"① "飞黄",亦名"乘黄",传说为八骏中的神马,背有角,善飞驰,乃是马中之王。女主人公想象着此刻的男主人公坐在由骏马所驾的整饬的车子之中,行速较快,俯仰之间,便渡过绿水涧与九层山。只是路径艰险,两边生长着秋草。黄色与白色的花如沓金散银一般炫目,青色与绛色的花如罗翠赤云一般耀眼。还有如承接着云霞的高枝和紫色与白色的散着香气的鲜花。垂柳倒挂于溪水之中,绿翘芬芳鲜美。身临如此艳彩与奇色之中,男主人公之心与目怎能不流连忘返。想到这里,女主人公再也不能抑制自己的感情了,直抒其对男主人公的思念之苦,但现实就是无法相见,所以女主人公只能面壁哀叹、揽笔作诗以排解惆怅与苦楚。

其五:"南邻有奇树,承春挺素华。丰翘被长条,绿叶蔽朱柯。因风吐微音,芳气入紫霞。我心羡此木,愿徙著予家。夕得游其下,朝得弄其葩。尔根深且坚,予宅浅且洿。移植良无期,叹息将如

---

① 逯钦立辑:《先秦汉魏晋南北朝诗》,中华书局 1988 年版,第 860 页。

何。"① 前四句以比兴之手法渲染男主人公的风姿与才能。"南邻"两句是说男主人公如南邻之奇树,在春天生长茂盛,高高地悬挂着枝条,葱郁的绿叶遮蔽着朱柯,由此可见男主人公定是英俊潇洒、风姿出众。"因风"两句则是借奇树枝芬芳来比喻男主人公德行兼备、才华出众。"我心"两句是以想得到此奇树来表达自己对男主人公的爱慕之情,想要与其成为一家人。"夕得"两句是以与奇树的游玩来想象自己与男子的嬉戏场景。"尔根"两句则是以奇树枝根深蒂固,不好移植来表达自己不能与男子结合的哀怨。"移植"两句是以不能得到奇树来表达与男子的相聚遥遥无期。整首诗都采用比兴的手法,言在此而意在彼,全诗充溢着淡淡的忧伤与哀怨之情。

整体来看,杨方的这五首爱情诗,在内容上主要表达了女主人公对男子的思念之情,体现了女主人公对爱情的执着和深挚。在艺术表现上,诗人善用比兴手法,语言通俗易懂,意象独特,感情基调哀怨。两晋之际社会动荡,文士朝不虑夕,再加之玄风弥漫,表现爱情内容的诗歌甚少,而杨方能创作出爱情诗并流传至今,实属难能可贵。

三 闲适诗探析

晋室南渡以后,国土分崩离析,关心国事的文士常怀烦忧,他们或求仙隐逸,或登临游览以作排遣,还有一部分文士则较为心平气和,创作出不少闲适之诗。代表作有曹毗《咏冬诗》《正朝诗》《霖

---

① 逯钦立辑:《先秦汉魏晋南北朝诗》,中华书局1988年版,第860页。

雨诗》《夜听捣衣诗》《箜篌诗》两句、《诗》（分风为二）两句。这几首诗都是借物抒怀之作。

《咏冬诗》："绵邈冬夕永，凛厉寒气升。离叶向晨落，长风振条兴。夜静轻响起，天清月晖澄。寒冰盈渠结，素霜竟栏凝。今载忽已暮，来纪奄复仍。"① 诗的前八句主要写了冬季漫长、寒气凛冽。初晨之时，离叶飘落，寒风振着树枝阵阵作响。夜深人静之时，树枝发出簌簌的轻响，天空清亮，月光澄澈。寒冰结满了水渠，白霜覆盖着栏杆。面对眼前的萧索凛冽之景，诗人顿感时光如流水一去不复返，而留给自己的也只有年岁的增长和衰老的面容。想来，人一旦闲下来便会生愁，此为闲愁也。诗人亦如此，只因目睹冬景之萧条，便叹时光之短促，可见是由闲生愁了。

《正朝诗》："灵春散初泽，棻煜青阳舒。佳袍忽已故，今载奄复初。软节畅宇宙，和风被八区。"② "青阳""软节"均指春天。这首诗写了春天来临，氤氲之气和盛，万物散发出光泽，微风充溢着神州大地，一切因寒冷而凋谢、衰败了的事物都恢复如初。这首诗表达了诗人因春天到来、万物复苏而生发的欣喜之情，与《咏冬诗》由冬季之寒冷而引起的惆怅之情形成鲜明的对比。只因诗人敏感而多情，所以才会因四季转换、自然变更而或喜或悲。

《霖雨诗》："洪霖弥旬日，翳翳四区昏。紫电光牖飞，迅雷终天奔。"③ "霖雨"，连绵大雨。曹植《赠白马王彪》诗："霖雨泥我涂，流潦浩纵横。"④ 这首诗主要描绘了霖雨降临的情形。意为瓢泼大雨下了有十余日，整个神州大地都晦暗不明，阴沉沉一片。忽然

---

① 逯钦立辑：《先秦汉魏晋南北朝诗》，中华书局1988年版，第888页。
② 同①。
③ 同①。
④ 同①。

一道紫色的闪电霹雳而至，映着窗户越发光亮，滚滚的雷霆之声响彻整个云霄。这首诗写了雨、雷、电来临的盛状，极具磅礴气势。

不同于上述三首侧重于对自然气象的描绘，《夜听捣衣诗》委婉地表达了诗人的思妇之情。诗曰："寒兴御纨素，佳人理衣襟。冬夜清且永，皎月照堂阴。纤手叠轻素，朗桁叩鸣砧。清风流繁节，回飙洒微吟。嗟此往运速，悼彼幽滞心。二物感余怀，岂但声与音。"① 捣衣是江南一带女子的劳作内容，即妇女把织好的布帛，铺在平滑的砧板上，用木棒敲平，以求柔软熨帖，好裁制衣服。"纨素"，洁白精致的细绢。汉班婕妤《怨诗》："新裂齐纨素，鲜洁如霜雪。"②"轻素"指用轻薄的白色丝织品做的衣服。唐徐彦伯《孤烛叹》诗："暖手缝轻素，嚬蛾续断弦。""桁"，衣架。"繁节"，繁密的音节。南朝宋颜延之《赭白马赋》："捷趫夫之敏手，促华鼓之繁节。"③ 唐元稹《曹十九舞绿钿》诗："凝盻娇不移，往往度繁节。""回飙"，旋转的狂风。汉贾谊《惜誓》："临中国之众人兮，托回飙乎尚羊。"④ 三国魏曹植《杂诗》其二："何意回飙举，吹我入云中。"⑤ 诗人回忆妻子在寒冬之夜拿着纨素，整理衣襟。冬季之夜是那么清冷漫长，皎洁的月光照在屋室越显清冷。妻子的纤纤细手叠着轻素，衣架与砧板相扣发出鸣声。清风中流出繁密的音节，狂风中洒出微微的吟叹。诗人从回忆转到现实，深深哀叹时光的流逝，想想妻子曾经的辛劳，疼惜之情油然而生。接着进一步抒发由"桁"与"砧"而引发的思妇之情，他对妻子的思念是生活中方方面面的，不仅仅只限于现在所听到的捣

---

① 逯钦立辑：《先秦汉魏晋南北朝诗》，中华书局1988年版，第889页。
② 同①，第117页。
③ （清）严可均辑：《全宋文》，中华书局1958年版，第2633页。
④ 同③，第209页。
⑤ 同①，第456页。

衣之声。如果诗人每天忙忙碌碌，心系朝廷政事，生活节奏较快，他恐怕也不会因听到捣衣之声而回忆起妻子的种种劳作情形，并由此而生发惆怅的思念之情。只因诗人此刻清闲，内心放空，才会有对其妻的回忆和思念。值得注意的是，曹毗的这首《夜听捣衣诗》在题材上有开拓之功，此诗一出，很受文士重视，仿作者甚多，如谢惠连、鲍令晖、谢朓、庾信等。

《箜篌诗》只有两句："东土君子，雅善箜篌。"① 是说东土君子擅长箜篌。箜篌，是一种拨弦乐器。诗人能听到东土君子用箜篌作声，也可见其生活闲适了。

《诗》也只有两句："分风为二，擘流为两。"② 也是对自然景物的描绘，也应是诗人在优游生活中所作。

综上所述，曹毗的这几首诗或注重描绘季节之景象而抒发或喜或悲之情，或由捣衣之声而引发思妇之情，但都由闲愁而引发，属于闲适之作。在玄风盛行的诗坛，这样表现淡淡的或喜或悲之情的诗作，倒也显得清新不俗了。

四　赠答诗探析

两晋之际，赠答诗较多，受奢侈世风与玄学思潮的影响，在内容上或谀美颂德或体悟玄道，思想与艺术价值均不高。但其中刘琨与卢

---

① 逯钦立辑：《先秦汉魏晋南北朝诗》，中华书局1988年版，第889页。
② 同①。

谌的赠答诗，表现了两晋之际社会的动荡与爱国主义的思想，内涵深广，成就较高。由于前文已涉及其内容，故在这里不再赘述，只谈其赠答始末问题。

刘琨与卢谌之间有着密切的关系，"琨为司空，以谌为主薄，转从事中郎。琨妻即谌之从母，既加亲爱，又重其才地"①。因而彼此之间互有赠答是毫无疑问的。从现存文献资料中我们能看到，刘琨、卢谌的赠答诗一共是五首。有卢谌的《赠刘琨诗》（"王室丧师"）并书二十章，刘琨的《答卢谌诗》（"厄运初遘"）并书八章，刘琨的"握中有悬璧"（《文选》作《重赠卢谌诗》而《艺文类聚》作《赠卢谌诗》），卢谌的《答刘琨诗》（"随宝产汉滨"），不确定作者的"璧由识者显"。

前两首基本没有争议，是卢谌在刘琨被段匹䃅扣执之前所作。"王室丧师，私门播迁。望公归之，视险忽艰。兹愿不遂，中路阻颠"②。卢谌父母兄弟被杀，自己历经艰辛，唯有"仰悲先意，俯思身衍"③。他投奔刘琨，刘琨对他"既加亲爱"，他常怀感激，之后到段匹䃅处任职五年后作《赠刘琨诗》二十章以慰"违离之意"。刘琨作《答卢谌诗》八章相答，其四："郁穆旧姻，嫉婉新婚。不虑其败，唯义是敦。裹粮携弱，甸甸星奔。未辍尔驾，已隤我门。二族偕覆，三孽并根。长惭旧孤，永负冤魂。"④ 也是叙述到卢谌逃离刘粲，而父母兄弟在平阳者全被刘聪所杀的事情。之后回忆了二人情好绸缪的场景以及对卢谌的深切怀念。其七道："音以赏奏，味以殊珍。文以明言，言以畅神。之子之往，四美不臻。澄醪覆觞，丝竹生尘。"可见

---

① （唐）房玄龄：《晋书》第6册，中华书局1974年版，第1681页。
② 逯钦立辑：《先秦汉魏晋南北朝诗》，中华书局1988年版，第881页。
③ 同②。
④ 同②，第851页。

这两首诗是互为赠答无疑。此外,《赠刘琨诗》二十章前边写道:"故吏从事中郎卢谌,死罪死罪。谌禀性短弱,当世罕任。因其自然,用安静退。在木阙不材之资,处雁乏善鸣之分。卷异蘧子,愚殊宁生。匠者时睎,不免馔(李善本《文选》作"巽")宾。尝自思惟,因缘运会。得蒙接事,自奉清尘。于今五稔……谨贡诗一篇。抑不足以揄扬弘美。亦以摅其所抱而已。若公肆大惠。遂其厚恩。锡以咳唾之音。慰其违离之意。"①而刘琨的《答卢谌诗》八章前边的诗序道:"琨顿首,损书及诗。备辛酸之苦言,畅经通之远旨。执玩反复,不能释手。慨然以悲,欢然以喜。昔在少壮,未尝检括。远慕老庄之齐物,近嘉阮生之放旷。怪厚薄何从而生,哀乐何由而至……故称指送一篇。适足以彰来诗之益美耳,琨顿首顿首。"②前边卢谌在书里述说自己的性格和少年时因其自然、用安静退的思想,以及对离开了五年的刘琨的思念之情。后边刘琨在书里也述说自己在少壮之时远慕老庄、近嘉阮生的兴趣。前边卢谌说"谨贡诗一篇",后边刘琨说"故称指送一篇",前边卢谌说希望刘琨能"赐以咳唾之音,慰其违离之意",后边刘琨说"损书及诗,备辛酸之苦言"。由此可见,卢谌《赠刘琨诗》二十章与刘琨《答卢谌诗》八章在内容上是一问一答、环环相扣的,故没有争议。

后三首是刘琨被段匹磾扣留之后所作。这三首分别是"握中有悬璧""随宝产汉滨"和"璧由识者显"。第一,关于刘琨"握中有悬璧"这首诗,《艺文类聚》引此诗时标作《赠卢谌诗》,而《文选》则将这首诗冠以"重赠"之名。故这首诗到底是刘琨第一次赠还是重赠?第二,关于"随宝产汉滨"这首诗,《艺文类聚》卷三十一赠答

---

① 逯钦立辑:《先秦汉魏晋南北朝诗》,中华书局 1988 年版,第 880-881 页。
② 同①,第 850-851 页。

类将这首诗题作《重赠刘琨诗》并列于刘琨名下。刘琨是不会自己写诗给自己的，故这首诗的作者是不是卢谌呢？若是的话，又是否是"重赠"呢？第三，关于"璧由识者显"，《艺文类聚》卷三十一题为卢谌《重赠刘琨诗》，因为与"随宝产汉滨"都题为《重赠刘琨诗》，故这首诗到底是谁赠予谁呢？所以只有厘清刘琨与卢谌的赠答始末顺序，才能解决这些问题。

目前，关于刘琨与卢谌的赠答始末研究有方步和《"何意百炼钢，化为绕指柔？"——论刘琨〈重赠卢谌〉诗及其他》认为刘琨与卢谌的这些往来书信和赠答诗，都是刘琨"被拘"期间所写，而且是卢谌先写的。刘琨在囚禁中，寄希望于卢谌，就写了一首《重赠卢谌》（握中有悬璧）给卢谌。卢谌对此回了一首《答刘琨诗》（随宝产汉滨），刘琨又答赠了一首"璧由识者显"，卢谌便对刘琨说"前篇帝王大志，非人臣所言矣"，赠答即此告结。喻斌的《刘琨与卢谌赠答诗考辨》与方步和观点相同，并给这三首诗确定了诗题，即认为刘琨对卢谌先后有两次赠诗，而"握中有悬璧"实为前赠，并非重赠。刘琨狱中与卢谌赠答诗共三首，其一为刘琨《赠卢谌》（握中有悬璧），其二为卢谌《答刘琨》（随宝产汉滨），其三为刘琨《重赠卢谌》（璧由识者显）。

顾农的《关于刘琨与卢谌的赠答诗》认为"握中有悬璧"这首五言诗题作《重赠卢谌》是不恰当的，应题作《赠卢谌》。顾农认为刘琨去世前不久曾先后赠给卢谌两首诗，前一首即"握中有悬璧"，稍后"重以诗赠之"，但刘琨的重赠卢谌诗，已经看不到了，而不应是"璧由识者显"。

刘文忠《卢谌、刘琨赠答诗考辨》通过《先秦汉魏晋南北朝诗》《艺文类聚》考证刘琨的三首诗，得知刘琨与卢谌之间的赠答诗往还为三次，分别为卢谌的《赠刘琨诗》二十章并书（浚哲惟皇），刘琨的《答卢谌诗》八章并书（厄运初遘），刘琨的《重赠卢谌诗》（握中有悬璧）。

笔者同意喻斌等人的观点，即刘琨被段匹䃅拘扣之后，作"握中有悬璧"赠予卢谌，希望能营救自己，卢谌作了"随宝产汉滨"相答，看到卢谌的反其意而劝之的愚钝，刘琨又作了更明白直接的"璧由识者显"，来激励卢谌和哀叹自己的境遇。理由如下：

《晋书·刘琨传》在引录了刘琨"握中有悬璧"全诗后说："琨诗托意非常，掳畅幽愤，远想鸿门、白登之事，用以激谌。谌素无奇略，以常诗酬和，殊乖琨心，重以诗赠之。"从这段话中，我们可知刘琨对卢谌先后有两次赠诗，而"握中有悬璧"应为前赠，并非重赠。

在两人的赠答诗中，相互之间的唱和是环环相扣的。刘诗说："握中有悬璧，本是荆山璆。"卢谌诗安慰说："不待卞和显，自为命世珍。"刘琨哀叹："功业未及建，夕阳忽西流。时哉不我与，去矣如云浮。"卢谌宽慰说："谁言日向暮，桑榆犹启晨。"刘琨悲道："朱实陨劲风，繁英落素秋。"卢谌安抚说："谁言繁菜实，振藻耀芳春。"刘琨沉痛地说："何意百炼钢，化为绕指柔。"卢谌反其意而劝之："百炼或致屈，绕指所以伸。"故《刘琨传》说卢谌之答"殊乖琨心"。

接着是刘琨对卢谌的再赠。"璧由识者显，龙因庆云翔"是针对卢谌的"不待卞和显，自为命世珍"而发。"茨棘非所憩，翰飞游高岗"则是激励卢谌要冲破茨棘，展翅而飞，游于高岗。"余音非九韶，何以仪凤凰"是在哀叹自己无九韶之音，也无招凤凰来仪之望。"新城非芝圃，曷由殖兰芳"则是在忧虑幽州之地已难殖兰芳的社会现实。因而也就有之后卢谌"前篇帝王大志，非人臣所言矣"的感叹。

此外，刘琨喜用香草意象来喻人，在其《答卢谌诗》八章其六："虚满伊何，兰桂移植。茂彼春林，瘁此秋棘。有鸟翻飞，不遑休息。匪桐不栖，匪竹不食。永戢东羽，翰抚西翼。"其中"兰桂"是指卢谌，"春林"是指段匹磾，"秋棘"是指刘琨自己。"璧由识者显"一诗中也有"茨棘""兰芳"的意象。而且两诗中，也都有奋鸟翰飞的表达，这与诗人的写作习惯有关。如郭璞在《答贾九州愁诗》有："虽云暗投，珪璋特达。"在其《游仙诗》其五又有："珪璋虽特达，明月难暗投。"所以据此也可证明"璧由识者显"应是刘琨赠予卢谌的诗作。

综上，刘琨与卢谌的赠答诗的前后顺序是卢谌经历丧亲之痛投奔刘琨作《赠刘琨诗》（"王室丧师"）并书二十章，刘琨作《答卢谌诗》（"厄运初遘"）并书八章相宽慰劝解。后刘琨为段匹磾所拘又作"握中有悬璧"（诗题应为《赠卢谌》）期望卢谌解救，卢谌作"随宝产汉滨"（诗题应为《答刘琨》）只是以常词酬和，之后刘琨又作了更明白直接的"璧由识者显"（诗题应为《重赠卢谌》）来激励卢谌和哀叹自己的境遇。

第五章 两晋之际诗歌纵论

两晋之际文学是两晋文学的重要一环，而两晋之际诗歌又是两晋之际文学的重要组成部分，其在内容与诗风上不仅与建安慷慨之音、正始遥深之旨、太康繁缛之貌一脉相承，而且还进一步开阔了东晋玄言诗之道路。以下笔者将从两晋之际诗歌与建安诗歌、正始诗歌、太康诗歌及东晋玄言诗的关系方面进行论述，以探索永嘉诗歌在魏晋诗歌中的纽带作用。

一 两晋之际诗歌与建安诗歌

两晋之际与建安时期都处在极其动荡的时代，故在诗歌中多有对混乱社会现实的反映，对时光流逝的感慨，以及诗人欲力挽狂澜的凌云之志。在表现手法上，两晋之际诗人继承了建安诗人重视叙事与抒情的结合，多用比兴的手法。在诗歌风貌上，都呈现出慷慨悲凉的特点。

就诗歌主题及内容来说,两晋之际诗歌与建安诗歌具有相同之处,但同中有异。

首先,都反映了动乱的社会现实。建安时期与两晋之际都处在社会急剧变革的时代,朝堂混乱、纲纪败坏、百姓颠沛流离便成为诗歌的主要表现内容。曹操《薤露》:"贼臣持国柄,杀主灭宇京。荡覆帝基业,宗庙以燔丧。播起西迁移,号泣而且行。"① 《蒿里》:"白骨露于野,千里无鸡鸣。生民百遗一,念之断人肠。"② 王粲《七哀诗》三首其一:"出门无所见,白骨蔽平原。路有饥妇人,抱子弃草间。"③ 刘琨《扶风歌》:"君子道微矣,夫子故有穷。惟昔李骞期,寄在匈奴庭。忠信反获罪,汉武不见明。"④ 郭璞《答贾九州愁诗》其一:"顾瞻中宇,一朝分崩。天网既紊,浮鲵横腾。"⑤ 其三:"乱离方煽,忧虞匪歇。"⑥《与王使君诗》五首其一:"茫茫百六,孰知其弊。蠢蠢中华,遘此虐戾。"⑦ 以上诗句真实地反映了两个特定时代的灾难,但不同的是建安诗歌更为真实而具体地展示了那个时代的广阔生活画面,在表现程度上更为广泛,深度上更为深刻。而两晋之际诗歌则集中表现朝堂夺权、国土分崩离析的惨状,且在表现方式上多用典故、借代、比喻等手法,故稍显隐晦、委曲。

其次,都重在表现自己匡扶王室、救民涂炭之志。这与时代原因有关,东汉末年,建安文人饱受乱离之苦,因而建功立业、挽救民族危机成为他们的追求。而两晋之际,国土分崩离析,胡族肆虐,因而

---

① 逯钦立辑:《先秦汉魏晋南北朝诗》,中华书局1988年版,第347页。
② 同①。
③ 同①,第365页。
④ 同①,第849-850页。
⑤ 同①,第862页。
⑥ 同①,第863页。
⑦ 同⑥。

救民于水火、匡扶晋室于颓倾之中也成为两晋之际文人的心愿。曹操《龟虽寿》："老骥伏枥，志在千里。烈士暮年，壮心不已。"① 王粲《从军诗》："被羽在先登，甘心除国疾。"② 曹植《白马篇》："捐躯赴国难，视死忽如归。"③ 郭璞《与王使君诗》五首其三："怀远以文，济难以略。凋华振彩，坠景增灼。穆其德风，休声有邈。方恢神邑，天衢再廓。"④ 卢谌《赠刘琨诗》二十章其十一："日磾效忠，飞声有汉。桓桓抚军，古贤作冠。来牧幽都，济厥涂炭。"⑤ 从以上诗句可以看出建安诗歌多是直抒胸臆，高扬自己的凌云壮志。两晋之际诗人则是娓娓道来，在诗歌中探索救国的方式，具有严密的逻辑说理性。故建安诗歌以情取胜，两晋之际诗歌以理服人。与"戮力上国，流惠下民"之志密切相关的是诗人戎马倥偬的行军生涯，如曹操《苦寒行》："树木何萧瑟，北风声正悲。熊罴对我蹲，虎豹夹路啼。""延颈长叹息，远行多所怀。"⑥ 刘琨《扶风歌》："烈烈悲风起，泠泠涧水流。""麋鹿游我前，猿猴戏我侧。""揽辔命途侣，吟啸绝岩中。"⑦ 在表现行军内容方面，曹操与刘琨的诗句极其相似，都描写出了环境的恶劣和行军的艰难。二人在面对艰苦处境时，或延颈叹息，或临崖吟啸，但都显示出他们无所畏惧的英雄本色，显示出他们作为政治家、军事家内心的强大。二人的诗句笔法苍劲，情感悲壮，有震人心魄的力量。

最后，都发出对时光流逝、人生苦短的哀叹。徐干《室思诗》：

---

① 逯钦立辑：《先秦汉魏晋南北朝诗》，中华书局1988年版，第354页。
② 同①，第363页。
③ 同①，第433页。
④ 同①，第863页。
⑤ 同①，第882页。
⑥ 同①，第351页。
⑦ 同①，第849页。

"人生一世间，忽若暮春草。"① 曹操《秋胡行》："天地何长久，人道居之短。"② 曹植《杂诗》七首其四："俯仰岁将暮，荣耀难久恃。"③ 刘琨《赠卢谌诗》："功业未及建，夕阳忽西流。时哉不我与，去乎若云浮。"④ 郭璞《游仙诗》："静叹亦何念，悲此妙龄逝。"⑤ 建安诗人与两晋之际诗人都发出了对时光匆匆流逝的感叹，但建安诗人或是单纯感叹时光不再，或是在感叹中表现积极的人生观，要在有限的生命当中追求更远的理想与更高的人生价值。而两晋之际诗人则表现出消极的人生态度，是对无法扭转时光的无奈，是对时间空流而自己一事无成的悲叹。

就诗歌风貌来说，建安诗歌与两晋之际诗歌都笼罩着一层浓郁的悲剧色彩。这种悲剧色彩是由诗歌的表现内容决定的，前已论及内容，不再赘述。而这种悲剧色彩在形式上是由所用词汇、意象来体现的。

建安诗歌与两晋之际诗歌在词汇上多喜用"悲""哀""愁""伤""吟""痛心""苦心""叹息""泪下""摧藏""哽咽"等，这些字词重在表现人的感情，有利于渲染诗歌的凄怆氛围，直抒诗人的忧伤之情，显示出诗人慷慨悲壮的气概。现将建安诗歌中的部分诗句罗列如下：

>瞻彼洛城郭，微子为哀伤。（曹操《薤露》）
>
>守穷者贫贱，惋叹泪如雨。（曹操《善哉行》其二）
>
>君子多苦心，所愁不但一。（曹操《善哉行》其三）

---

① 逯钦立辑：《先秦汉魏晋南北朝诗》，中华书局1988年版，第376页。
② 同①，第350页。
③ 同①，第457页。
④ 同①，第852页。
⑤ 同①，第866页。

慷慨有余音，要妙悲且清。（曹植《弃妇诗》）
慷慨对嘉宾，凄怆内伤悲。（曹植《情诗》）
良马对我悲，延颈对我吟。（曹植《种葛篇》）
中有孤鸳鸯，顾望但怀愁。（曹丕《赠王粲》）
忧怀从中来，叹息通鸡鸣。（曹丕《弃妇篇》）
悟彼下泉人，喟然伤心肝。（王粲《七哀诗》）
我思一何笃，其愁如三春。（徐干《答刘桢诗》）
亲母何可见，泪下声正嘶。（阮瑀《驾出北郭门行》）
感时念父母，哀叹无穷已。（蔡琰《悲愤诗》）

两晋之际诗歌中的部分诗句罗列如下：

据鞍长叹息，泪下如流泉。（刘琨《扶风歌·朝发广莫门》）
挥手长相谢，哽咽不能言。（刘琨《扶风歌·朝发广莫门》）
慷慨穷林中，抱膝独摧藏。（刘琨《扶风歌·朝发广莫门》）
我欲竟此曲，此曲悲且长。（刘琨《扶风歌·朝发广莫门》）
弃置勿重陈，重陈令心伤。（刘琨《扶风歌·朝发广莫门》）
哀我皇晋，痛心在目。（刘琨《答卢谌诗》八章其一）
中夜抚枕叹，相与数子游。（刘琨《赠卢谌诗》）
游子恒悲怀，举目增永慕。（卢谌《赠崔温诗》）
临川哀年迈，抚心独悲咤。（郭璞《游仙诗》其四）
悲来恻丹心，零泪缘缨流。（郭璞《游仙诗》其五）
遐邈冥茫中，俯视令人哀。（郭璞《游仙诗》其九）
静叹亦何念，悲此妙龄逝。（郭璞《游仙诗》其十四）
志士痛朝危，忠臣哀主辱。（庾阐《从征诗》）

可见，建安诗歌与两晋之际诗歌都有以"悲"来渲染客观具体事物，如风、声音、乐曲等诗句，但建安诗歌侧重以悲景衬悲情，而两晋之际诗人或直抒悲情，或带着悲情来观物，使物也着悲之色彩。

建安诗人与两晋之际诗人不仅在情感抒发上惯用"悲"等字词，而且在动词与副词上多采用具有否定意义与破坏意义的字词，如"截""摧""陨""落""弃""莫""无""不""未"等，从而使诗歌氛围与诗人情感指向凄清、悲凉的一面。现将建安诗歌中的部分诗句罗列如下：

> 忧从中来，不可断绝。（曹操《短歌行》）
>
> 羊肠坂诘屈，车轮为之摧。（曹操《苦寒行》）
>
> 迷惑失故路，薄暮无宿栖。（曹操《短歌行》）
>
> 蔚矣荒涂，时行靡通。（王粲《赠蔡子笃》）
>
> 路有饥妇人，抱子弃草间。（王粲《七哀诗》其一）
>
> 羁旅无终极，忧思壮难任。（王粲《七哀诗》其二）
>
> 冰雪截肌肤，风飘无止期。（王粲《七哀诗》其三）
>
> 百里不见人，草木谁当迟。（王粲《七哀诗》其三）
>
> 饥寒无衣食，举动鞭捶施。（阮瑀《驾出北郭门行》）

两晋之际诗歌中的部分诗句罗列如下：

> 斧锯截是松，松树东西摧。（刘琨《扶风歌·南山石嵬嵬》）
>
> 素卷莫启，幄谈无宾。（刘琨《答卢谌诗》八章其七）
>
> 朱实陨劲风，繁英落素秋。（刘琨《赠卢谌诗》）
>
> 狭路倾华盖，骇驷摧双辀。（刘琨《赠卢谌诗》）
>
> 兹愿不遂，中路阻颠。（卢谌《赠刘琨诗》二十章其四）
>
> 叶不云布，华不星烛。（卢谌《赠刘琨诗》二十章其七）

根浅难固，茎弱易雕。（卢谌《赠刘琨诗》二十章其十四）

　　燕昭无灵气，汉武非仙才。（郭璞《游仙诗》其六）

　　靡竭匪浚，靡颓匪隆。（郭璞《与王使君诗》五首其五）

　　如上这些具有否定意义与破坏意义的字词，或表现事物被摧残，或表现百姓的缺衣少食，或表现行军的艰难，或表现一己的忧伤，但都无一例外地染上了一层浓郁的悲剧色彩。

　　再看意象，建安诗歌与两晋之际诗歌常用的意象有风、树、草、霜等，这些意象都会因季节的变换给人以萧索的感觉，如冬天的北风有刺骨之寒，秋天的树、草有凋落之象，秋霜给人以苍茫悲凉之感。现将建安诗歌与两晋之际诗歌的部分诗句罗列如下：

　　悲风来入帷，泪下如垂露。（曹植《浮萍篇》）

　　临川多悲风，秋日苦清凉。（阮瑀《诗》）

　　悲风鸣我侧，羲和逝不留。（曹丕《赠王粲》）

　　树木何萧瑟，北风声正悲。（曹操《苦寒行》）

　　凝霜沾蔓草，悲风振林薄。（卢谌《时兴诗》其五）

　　洛阳发中梁，松树窃自悲。（刘琨《扶风歌·南山石嵬嵬》）

　　潜颖怨清阳，陵苕哀素秋。（郭璞《游仙诗》其五）

　　这些凄寒景象是诗人切身体察与不断咀嚼之后而发之于诗歌的，在体察与咀嚼的过程中，诗人将其与自身孤立无援的处境及寂寞冷落的心态相结合，使得这些常景成为情感的象征物，而诗人的情感也有了具体依托的对象，于是情与景便浑然为一体了，呈现出浓郁的悲剧色彩。钟嵘《诗品》："（刘琨）其源出于王粲，善为凄戾之词，自有清拔之气。琨既体良才，又罹厄运，故善叙丧乱，多感恨之词。中郎仰之，微不逮者矣。"① 元好问《论诗绝句》："曹刘坐啸虎生风，四海无人角两雄。可惜并州刘越石，不教横槊建安中。"② 钟嵘、元好问指出刘琨、卢谌两晋之际诗人的诗歌与王粲、曹操建安诗人的诗歌一脉相承，具有"梗概多气"的特点和慷慨悲凉的感人力量。

就诗歌表现手法来说，建安诗歌与两晋之际诗歌都重视叙事，且在叙事中夹以抒情与明志。以曹操《苦寒行》与刘琨《扶风歌》为例，试进行分析。曹操《苦寒行》："北上太行山，艰哉何巍巍。羊肠坂诘屈，车轮为之摧。树木何萧瑟，北风声正悲。熊罴对我蹲，虎豹夹路啼。溪谷少人民，雪落何霏霏。延颈长叹息，远行多所怀。我心何怫郁？思欲一东归。水深桥梁绝，中路正徘徊。迷惑失故路，薄暮无宿栖。行行日已远，人马同时饥。担囊行取薪，斧冰持作糜。悲彼东山诗，悠悠使我哀。"③ 起首写道路艰难，山谷凄凉；接着写野兽出没，风雨交加。层层叙述营造了凄冷的氛围，诗人不禁"延颈长叹息"，绘景抒情，水到渠成，全无雕琢。后半部分进一步叙写水深桥断，日暮迷途，加上人饥马饿，无处栖宿，这样层层加码，便把行军的困难渲染得无以复加，但诗人统率的大军不仅没有退却，而是"担囊行取薪，斧冰持作糜"，反衬出诗人的豪迈襟怀，末尾两句引周公平叛的故事以明心志，更使读者感受到诗人那颗刚劲、火热的心，笔势婉转，思路清晰，主体性格鲜明。方东树《昭昧詹言》评价此诗："寻其意绪，无不明白；玩其笔势文法，凝重屈蟠。诵之令人意满。"④ 刘琨《扶风歌》："朝发广莫门，暮宿丹水山。左手弯繁弱，右手挥龙渊。顾瞻望宫阙，俯仰御飞轩。据鞍长叹息，泪下如流泉。

---

① （梁）钟嵘著，周振甫译注：《诗品译注》，中华书局1998年版，第62页。
② 郭绍虞笺释：《元好问论诗三十首小笺》，人民文学出版社1978年版，第62页。
③ 逯钦立辑：《先秦汉魏晋南北朝诗》，中华书局1988年版，第351页。
④ （清）方东树著，汪绍楹校点：《昭昧詹言》，人民文学出版社1961年版，第68页。

系马长松下,废鞍高岳头。烈烈悲风起,泠泠涧水流。挥手长相谢,哽咽不能言。浮云为我结,归鸟为我旋。去家日已远,安知存与亡。慷慨穷林中,抱膝独摧藏。麋鹿游我前,猿猴戏我侧。资粮既乏尽,薇蕨安可食。揽辔命徒侣,吟啸绝岩中。君子道微矣,夫子故有穷。惟昔李骞期,寄在匈奴庭。忠信反获罪,汉武不见明。我欲竟此曲,此曲悲且长。弃置勿重陈,重陈令心伤。"[1] 开头四句叙写诗人出发到并州去的时间、路线和沿途浴血奋战的情形,"顾瞻望宫阙"四句紧接前边叙事,表达离开洛阳时依依不舍、忧心如焚的心情,边叙事边抒情,意脉贯通。接着"系马长松下"到"薇蕨安可食"写旅途见闻,以两次宿营来贯穿前后,"系马长松下"八句承前边"暮宿丹水山"而发,写丹水山露宿的情形,重点写社会的破败和环境的凄苦。"去家日已远"八句写"穷林"夜宿,重点写军队生活的困苦,资粮的匮乏。在两次宿营中间,由环境恶劣而触发"哽咽不能言"之情,寓情于景,具有强烈的感染力。从"揽辔命徒侣"到末尾,写诗人报国的决心和疑虑,以"君子固穷"激励自己及部下勇敢战斗,展现了英雄的壮志。全诗叙事与抒情交错使用,最后明志,行文婉转而不呆滞,具有强烈的艺术感染力。通过两首诗的分析不难看出,曹操与刘琨的诗都重在叙事与抒情的结合,不仅有利于诗歌内容及情感的表达,而且使得诗歌结构圆和而不散离,意脉贯通而不平直。

建安诗歌与两晋之际诗歌都重视采用比喻的修辞手法。如曹植《浮萍篇》:"浮萍寄清水,随风东西流。"[2] 以临流寄水、随风飘荡的浮萍来比喻弃妇的身无居所、到处漂泊。刘琨《赠卢谌》:"握中有悬

---

[1] 逯钦立辑:《先秦汉魏晋南北朝诗》,中华书局1988年版,第849页。
[2] 同[1],第424页。

璧,本自荆山璆。"①采用了以物喻人的手法,用璆璧比喻卢谌,彰显其才质兼美、国之瑰宝的美好特质。"何意百炼钢,化为绕指柔"两句以"百炼刚"比喻自己过去久经战争考验,以"绕指柔"比喻而今之柔弱,抒发了英雄失路的悲哀情感。"朱实陨劲风,繁英落素秋"以成熟的果实和盛开的花朵到了秋天,一遇劲风就会陨落和凋谢,来比喻自己人到暮年,再也经受不住险恶现实的打击。"狭路倾华盖,骇驷摧双辀"以华丽的车子在狭路上翻倒,马匹受惊折断车辕,来比喻自己在险恶的仕途中如履薄冰、寸步难行。两晋之际诗人刘琨还注重采用虚实相生的写法,如《赠卢谌诗》通过写自己来映带卢谌,以实带虚,虚实相生。诗人实写自己,虚写卢谌,双方既不明粘,又不全脱。之所以采用这样的写法,是与刘琨、卢谌的处境相关。刘琨已从段匹磾的"座上客"沦为"阶下囚",说话必须要隐晦;卢谌已从刘琨的从事中郎移为段匹磾的别驾,而他又"素无奇谋",只有把话说得既像责己,又像劝人,话语双关,才能达到讽劝的目的。如此诗歌虚实相生、互相辉映,收到了很好的艺术效果。

建安诗歌与两晋之际诗歌语言都具有朴素简练的特点。如曹操《蒿里行》:"关东有义士,兴兵讨群凶。""铠甲生饥虱,万姓以死亡。"②王粲《七哀》其一:"路有饥妇人,抱子弃草间。""驱马弃之去,不忍听此言。"③建安诗歌继承了汉乐府质朴通俗的传统,语言朴素、质直,且经过锤炼加工,直而不野,浅而不俗。刘琨《扶风歌》"去家日已远"之类的语言也极为朴素,反映了现实生活。此外,刘琨的语言还十分凝练,富有表现力,如"左手弯繁弱,右手挥龙渊"

---

① 逯钦立辑:《先秦汉魏晋南北朝诗》,中华书局1988年版,第852页。
② 同①,第345页。
③ 同①,第365页。

中的"弯""挥"不仅说明他手执武器,还表现出他手执武器的形态和激烈战斗的情况,形象鲜明而具体。又如"寄在匈奴庭"中的"寄"字也用得很有分寸,说明李陵身陷匈奴在于兵败被俘而不是有意投降,还暗示出李陵"身在曹营心在汉",等待时机为国尽忠,内涵颇为丰富。

综上,两晋之际诗歌与建安诗歌一脉相承,不仅在诗歌主题与内容上相近,而且在诗歌风貌与表现手法上也有众多相似之处。

二 两晋之际诗歌与正始诗歌

两晋之际诗歌在表达情感与表现方式上对正始诗歌都有所继承,包括诗人重在排遣由时代环境所带来的内心苦闷,用丰富的想象与联想结构全篇,多用神仙及神话色彩的意象。

就诗歌主题与内容来说,正始诗歌与两晋之际诗歌有以下相同之处。

一是抒写内心的苦闷与悲哀。如阮籍的《咏怀》其三十三:"一日复一夕,一夕复一朝。颜色改平常,精神自损消。胸中怀汤火,变化故相招。万事无穷极,知谋苦不饶。但恐须臾间,魂气随风飘。终身履薄冰,谁知我心焦。"[①] 写诗人随着时光流逝而容貌骤改、精神憔悴,且憔悴的原因是"胸中怀汤火,变化故相招",即诗人有着难言

---

① 逯钦立辑:《先秦汉魏晋南北朝诗》,中华书局1988年版,第503页。

之苦和心酸之言。《晋书·阮籍传》:"籍本有济世志,属魏晋之际,天下多故,名士少有全者,籍由是不与世事,遂酣饮为常。"① 阮籍有建功立业的大志,可生不逢时,处在魏、晋交替之际,曹魏政权日渐消亡,司马氏集团拥权篡魏,进行血腥屠杀,实行恐怖统治。诗人看不到实现理想的曙光,且随时会遭遇横祸,每天过着提心吊胆、如履薄冰的生活,内心痛苦不堪。郭璞《游仙诗》其五:"逸翮思拂霄,迅足羡远游。清源无增澜,安得运吞舟。珪璋虽特达,明月难暗投。潜颖怨清阳,陵苕哀素秋。悲来恻丹心,零泪缘缨流。"② 诗人以飞鸟捷足自比,希望能一展宏图,可现实环境却不给他机会,尽管自己才美如玉,却无人赏识。又转念一想即使得到提拔,身处高位,也可能会遭遇秋霜之虞。事实也确实如此,在政治黑暗、残酷血腥的时代,有多少达官贵人在高位上掉了脑袋!进退两难之中,诗人找不到解决的办法,只能零泪哭泣。阮籍与郭璞的苦闷与悲哀都是时代所赋予的,但具体说来却又不同。阮籍的苦闷有两重:第一,不满曹魏王室的昏聩淫逸,想要力挽狂澜,但手无回天之力,是孤独无助的悲哀;第二,愤慨于司马氏的倒行逆施,欲全名节于末世,但担心随时会遭遇横祸,是无法排遣的郁愤。郭璞的苦闷也有两重:第一,想要一展宏图,但当权者却不给他机会,是壮志难酬的苦闷;第二,即使建功立业的理想得到实现,却又担心"高处不胜寒",招来不测之祸,是进退两难的悲哀。

二是表现超脱现实,追求逍遥自由理想境界的愿望。如阮籍《咏怀》其五十八:"危冠切浮云,长剑出天外。细故何足虑,高度跨一世。非子为我御,逍遥游荒裔。顾谢西王母,吾将从此逝。岂与蓬户

---

① (唐)房玄龄:《晋书》第5册,中华书局1974年版,第1360页。
② 逯钦立辑:《先秦汉魏晋南北朝诗》,中华书局1988年版,第865-866页。

士,弹琴诵言誓。"① 写诗人带着与青云相接的高冠,乘着非子为他驾驭的良马,遨游于极远的边地,西王母还邀他来做神仙,他却拱手辞去,原因是不愿去做一个坐守蓬户、弹琴诵经的俗士,受仙界的约束。诗人深感现实没有他逍遥驰骋的天地,于是便在神仙世界里觅取,在不可知的世界里敞开自己的心扉,表现出对现实的厌惧,对无何有之乡的向往。郭璞《游仙诗》其一:"京华游侠窟,山林隐遁栖。朱门何足荣,未若托蓬莱。临源挹清波,陵冈掇丹荑。灵溪可潜盘,安事登云梯。漆园有傲吏,莱氏有逸妻。进则保龙见,退为触藩羝。高蹈风尘外,长揖谢夷齐。"② 诗人写求荣于朱门,不如隐居于"蓬莱",那里有众多的山水之乐,并引庄周及老莱子夫妻作为遁世的典范,进一步隐世便能如龙之见保全中正的美德,退居尘俗就要如触藩之羊处于困窘的境地,最后点明自己高蹈谢世的决心。诗人面对朝廷偏安、时局动荡的情形,以及自己有志不能伸的处境,内心痛苦不堪,急于逃脱现实,于是便创造了山水相依、神道为侣的仙境,作为自己高蹈退隐的理想归宿。可见,由于时代混乱,阮籍与郭璞内心都蕴藏着极大的苦闷,他们渴望逃脱现实,驰骋于自由的理想境地,来放松自己。

  与表现超脱现实,寻求理想境界主题相关,阮籍咏怀诗与郭璞游仙诗都出现了众多神仙形象及富于神话色彩的意象,如二妃、王子乔、羡门子、若木、西海、扶桑、瀛洲、松子、西王母、蓬莱、鬼谷子、灵妃、浮丘、洪崖、陵阳、容成、姮娥等,现将二人部分诗歌罗列如下:

---

① 逯钦立辑:《先秦汉魏晋南北朝诗》,中华书局1988年版,第507页。
② 同①,第865页。

二妃游江滨，逍遥顺风翔。（阮籍《咏怀》其二）
焉见王子乔，乘云翔邓林。（阮籍《咏怀》其十）
乃悟羡门子，噭噭令自嗤。（阮籍《咏怀》其十五）
若木耀四海，扶桑翳瀛洲。（阮籍《咏怀》其二十八）
愿登太华山，上与松子游。（阮籍《咏怀》其三十二）
乘云招松乔，呼噏永矣哉。（阮籍《咏怀》其五十）
逍遥游荒裔，顾谢西王母。（阮籍《咏怀》其五十八）
朝起瀛洲野，日夕宿明光。（阮籍《咏怀》其七十三）
巢由抗高节，从此适河滨。（阮籍《咏怀》其七十四）
乘云御飞龙，嘘噏叽琼华。（阮籍《咏怀》其七十八）
昔有神仙者，羡门及松乔。（阮籍《咏怀》其八十一）
噏习九阳间，升遐叽云霄。（阮籍《咏怀》其八十一）
借问此何谁，云是鬼谷子。（郭璞《游仙诗》其二）
灵妃顾我笑，粲然启玉齿。（郭璞《游仙诗》其二）
赤松临上游，驾鸿乘紫烟。（郭璞《游仙诗》其三）
左挹浮丘袖，右拍洪崖肩。（郭璞《游仙诗》其三）
吞舟涌海底，高浪驾蓬莱。（郭璞《游仙诗》其六）
陵阳挹丹溜，容成挥玉杯。（郭璞《游仙诗》其六）
姮娥扬妙音，洪崖颔其颐。（郭璞《游仙诗》其六）
寻仙万余日，今乃见子乔。（郭璞《游仙诗》其十）

  以上这些意象大都出自《列仙传》及《神仙传》，这些神仙有着超凡的能力，过着无拘无束的生活，诗人见惯了现实生活的丑态，不愿像世间的贤愚之辈那样紧紧地受着名缰利锁的羁绊，他们渴求像这些神仙一样逍遥于天地、往来于四海，实现真正的自由。诗人所描绘的仙境，是高洁纯净而不被污染的，是俊逸神秘而不被打扰的，是和谐欢快而没有争斗与杀戮的，是诗人所向往的理想境地。这些绝美的神人与仙境实则是诗人寄托之所在，其旨在发泄自己的苦闷，故我们不能单纯地把《咏怀》诗与《游仙诗》看作诗人企仰游仙，而应结合其自身之处境了解其深远的寄托。

　　在表现手法上，正始诗人与两晋之际诗人都擅长用丰富的想象与联想结构全篇。如阮籍《咏怀》其十九："西方有佳人，皎若白日光。被服纤罗衣，左右佩双璜。修容耀姿美，顺风振微芳。登高眺所思，举袂当朝阳。寄颜云霄间，挥袖凌虚翔。飘飖恍惚中，流盻顾我傍。悦怿未交接，晤言用感伤。"① 前两句诗人化用《诗经·邶风·简兮》中"云谁之思，西方美人"②，点明此佳人乃是自己日夜所思的对象，想象她的容光如朝日照耀，以此做总交代，统摄全篇。接下来是诗人想象着佳人的服饰之美和仪容之美：罗裾轻飘，佩玉叮咚，姿容华丽，清香远播。忽然幻化出这样一位光彩四溢、志洁行芳的佳人又怎能不引起诗人的思慕与追求呢？之后六句便写了诗人的思绪从眼前的幻境进入更深一层的幻境：仿佛这位佳人正登高远眺，寻找自己。蓦然之间，只见她飞翔于高空，长袖迎风飘举，在飘摇恍惚中渐渐降临在自己身旁，双目含情，顾盼生辉。佳人如此之美，诗人难掩内心的愉悦欢喜，正当他准备与其交接远游时，幻境却忽然消失，使诗人坠入了感伤的深渊。全诗都是诗人想象的幻境，句句之间层层深入，一步步地把读者带入奇丽恍惚的境地。最后两句回归现实，写理想的幻灭，构成情绪上的强烈反差。郭璞《游仙诗》其二："青溪千余仞，中有一道士。云生梁栋间，风出窗户里。借问此何谁，云是鬼谷子。翘迹企颍阳，临河思洗耳。阊阖西南来，潜波涣鳞起。灵妃顾我笑，

---

　① 逯钦立辑：《先秦汉魏晋南北朝诗》，中华书局1988年版，第500页。
　② 周振甫：《诗经译注》，中华书局2002年版，第55页。

粲然启玉齿。蹇修时不存,要之将谁使。"① 诗人想象在千余仞的青溪山上坐着一位修炼的道士,接着幻化道士所处山间的气象:云雾缭绕,风烟弥漫,雕梁画栋的亭台楼阁若隐若现。接着点出道士的身份是鬼谷子,鬼谷子以许由为偶像,到了河边便想象许由当年洗耳时的情景,以警戒、激励自己。接着西风掠过水面,波浪随风散开,犹如鱼鳞反光一般,在这粼粼的波光中,灵妃正向诗人暗送秋波,粲然而笑。看到灵妃之美,诗人迫不及待地想与其结为伉俪,然而这时却没有蹇修做媒,诗人的愿望只能破灭了。诗人张开想象的翅膀,打破时间与空间的界限,精心挑选神话、传说、历史掌故,将他们天衣无缝地组接在一起,创造出一个理想的境地。由此可见,阮籍的《咏怀》其十九与郭璞的《游仙诗》其二都是由想象来构思全篇的,但不同的是,阮籍的《咏怀》其十九是以想象佳人的活动来层层递进、步步深入的,前后具有严密的逻辑性;郭璞的《游仙诗》其二是以青溪山为基础,以鬼谷子与灵妃的故事"花开两朵,各表一枝"来结构全篇的。

综上,两晋之际诗歌在主题内容、意象使用及表现手法的运用上,与正始诗歌一脉相承,特别是郭璞的《游仙诗》借游仙来排遣现实的苦闷,继承了阮籍《咏怀》诗言在此而意在彼的遥深之旨。

---

① 逯钦立辑:《先秦汉魏晋南北朝诗》,中华书局1988年版,第865页。

三 两晋之际诗歌与太康诗歌

太康诗人以"三张""二陆""两潘""一左"为代表,其中张载、张协、左思三人的诗歌注重真情的抒发,两晋之际诗人刘琨、郭璞等在诗歌创作上亦重真情抒发。但几人所抒之情的内容与方式却存在着很大的差别。

左思所抒发的是寂寞冷落之情,并伴随着悲愤不平之气。如《咏史诗》其二:"郁郁涧底松,离离山上苗。以彼径寸茎,荫此百尺条。世胄蹑高位,英俊沉下僚。地势使之然,由来非一朝。金张藉旧业,七叶珥汉貂。冯公岂不伟,白首不见招。"其八:"习习笼中鸟,举翮触四隅。落落穷巷士,抱影守空庐。出门无通路,枳棘塞中涂。计策弃不收,块若枯池鱼。外望无寸禄,内顾无斗储。亲戚还相蔑,朋友日夜疏。苏秦北游说,李斯西上书。俯仰生荣华,咄嗟复雕枯。饮河期满腹,贵足不愿余。巢林栖一枝,可为达士模。"左思怀着"铅刀贵一割,梦想骋良图"的远大抱负走向仕途,然而等待他的却不是统治者的重用与赞赏,而是坚硬无比的门阀壁垒,出身寒门的左思无力冲破于此,于是将理想破灭所产生的失望之情以及残酷现实所引发的愤怒之气一时间全部倾注于诗中,梗塞难咽,读来为之气绝。但也应看到,太康时期政治社会短暂稳定,且在太康元年(280)时,吴国已经平定,士人们自然没有像建安时期、两晋之际那样驰骋沙场、建功立业的社会机遇。张载《七哀诗》其二:"秋风吐商气,萧瑟扫前林。阳鸟收和响,寒蝉无余音。白露中夜结,木落柯条森。朱光驰北陆,浮景忽西沉。顾望无所见,唯睹松柏阴。肃肃高桐枝,翩翩栖孤禽。仰听离鸿鸣,俯闻蜻蜊吟。哀人易感伤,触物增悲心。丘陇日已远,缠绵弥思深。忧来令发白,谁云愁可任。徘徊向长风,泪下沾衣襟。"张载与左思一样,非豪门弟子,故而亦多发寂寞清冷之感。诗人触景伤情,叹时光流逝,自然而发,毫无藻饰,细腻而缠绵。与其相比,刘琨的诗歌内容多与行军艰难、建功立业有关,如《重赠卢谌》《扶风歌》。因而我们可以得出这样的结论:太康诗人所抒之情多关乎个人,无论是表达理想抱负落空的失望之情,还是岁月流逝之感慨,都着眼于一己之感受。而两晋之际诗人所抒之情多关乎国家社会,着眼于天下兴衰与百姓。此种区别与诗人所处的时代背景密切相关。

两晋之际诗歌继承了太康诗歌在表现形式上的繁缛特点,包括追求丽妍形象,运用对偶句式,重视用典。

太康诗人与两晋之际诗人都追求丽妍形象。如陆机《拟西北有高楼》:"高楼一何峻,迢迢峻而安。绮窗出尘冥,飞陛蹑云端。佳人抚琴瑟,纤手清且闲。芳气随风结,哀响馥若兰。玉容谁能顾,倾城在一弹。伫立望日昃,踯躅再三叹。不怨伫立久,但愿歌者欢。思驾归鸿羽,比翼双飞翰。"① 写高耸蹑云的楼宇之上,佳人的纤纤玉指拨弄着琴弦,发出婉转缠绵的声音,其芳香在风中弥漫,乐调在空气中流转,到处充溢着兰花清逸的香氛,诗人顿生倾慕之情,愿与她比翼双飞。这首诗与《古诗·西北有高楼》相比,虽然描绘的情景相似,结构也一致,但文采更加华丽,对佳人形象的塑造更加妍丽。郭璞《游

---

① 逯钦立辑:《先秦汉魏晋南北朝诗》,中华书局1988年版,第688-689页。

仙诗》其六:"杂县寓鲁门,风暖将为灾。吞舟涌海底,高浪驾蓬莱。神仙排云出,但见金银台。陵阳挹丹溜,容成挥玉杯。姮娥扬妙音,洪崖颔其颐。升降随长烟,飘飘戏九垓。奇龄迈五龙,千岁方婴孩。燕昭无灵气,汉武非仙才。"① 写众仙嬉戏热闹的场面:陵阳子明掬食五石脂,容成公手挥玉杯,嫦娥扬起美妙的歌声,洪崖子频频点头赞绝,宁封子随着烟火上下飞舞,在九天之间穿梭往来,他们的寿命虽已超过千岁,却洋溢着孩童般的笑脸。诗人对众仙的神态刻画得细致入微,形象具体而逼真,活泼生动,充满童趣,语言也较为华丽。刘勰《文心雕龙·才略》中"景纯艳异,足冠中兴"② 指出了郭璞诗歌鲜明妍丽的形象,而这"艳异"的特点在很大程度上是对太康诗歌的继承。

  太康诗人与两晋之际诗人都重视偶句的运用。如陆机《赴洛道中作》其一:"总辔登长路,呜咽辞密亲。借问子何之,世网婴我身。永叹遵北渚,遗思结南津。行行遂已远,野途旷无人。山泽纷纡余,林薄杳阡眠。虎啸深谷底,鸡鸣高树巅。哀风中夜流,孤兽更我前。悲情触物感,沉思郁缠绵。伫立望故乡,顾影凄自怜。"其二:"远游越山川,山川修且广。振策陟崇丘,安辔遵平莽。夕息抱影寐,朝徂衔思往。顿辔倚高岩,侧听悲风响。清露坠素辉,明月一何朗。抚枕不能寐,振衣独长想。"③ 除首尾几句之外,几乎都是偶句。其他如陆机的"招隐诗"、《悲哉行》,潘岳的《金古集作诗》《洛阳县作诗》二首、《在怀县作诗》二首,张协的《杂诗》,也大量运用偶句。两晋之际诗人如郭璞《游仙诗》其十:"璇台冠昆岭,西海滨招摇。琼林笼藻映,碧树疏英翘。丹泉溧朱沫,黑水鼓玄涛。寻仙万余日,今

---

① 逯钦立辑:《先秦汉魏晋南北朝诗》,中华书局1988年版,第866页。
② 周振甫:《文心雕龙今译》,中华书局1986年版,第425页。
③ 同①,第683页。

乃见子乔。振髪晞翠霞，解褐礼绛霄。总辔临少广，盘虬舞云轺。永偕帝乡侣，千龄共逍遥。"① 除末尾两句外，其余均是对偶句。其他如刘琨《扶风歌》（朝发广莫门）、《赠卢谌诗》（握中有悬璧）、《重赠卢谌》（璧由识者显），郭璞《游仙诗》十九首大部分都运用了对偶句。可见，两晋之际诗人继承了太康诗人在句式上重视骈偶化的特点。

古代诗歌用典由来已久，太康诗人驰骋才学，用典更加繁密，两晋之际诗人有过之而无不及。如张华《游侠篇》："孟尝东出关，济身由鸡鸣。信陵西反魏，秦人不窥兵。赵胜南诅楚，乃与毛遂行。黄歇北适秦，太子还入荆。"② 用了孟尝君田文东出函关、信陵君魏无忌返魏退秦、平原君赵胜赴楚结盟、春申君黄歇救回被秦国作为人质的楚太子完四个典故，歌颂四公子利国利民的行为，并借以反对当时侠士乱法犯禁"取名天下"的偏狭行为。刘琨《赠卢谌》："握中有悬璧，本自荆山璆。惟彼太公望，昔在渭滨叟。"③ 用了太公佐周、邓禹投汉、陈平解白登之围、张良纾鸿门之困、管仲相齐、赵衰定晋六个典故来表现自己想要学习古代名臣，为国建功立业的志向。张华与刘琨都采用历史典故，或用来抒发复杂的感情，或用来表现深沉的思想，但都使诗歌表达更加委婉曲折，有以少胜多的艺术效果。

综上，太康诗人追求丽妍的形象，运用对偶句式，重视用典等特征，为两晋之际诗人所吸收。但太康诗人生活在西晋短暂安定的环境中，有足够的时间与精力探索诗歌的艺术形式，追求华辞丽藻，描写反复详尽，呈现出繁缛的特征。两晋之际诗人生活在混乱时代，食不果腹，朝不保夕，更注重诗歌反映现实与抒发情感的功能作用。

---

① 逯钦立辑：《先秦汉魏晋南北朝诗》，中华书局1988年版，第866页。
② 同①，第611-612页。
③ 同①，第852页。

四 两晋之际诗歌与东晋玄言诗

两晋之际诗歌对东晋玄言诗具有重要影响,开阔了东晋玄言诗发展之路,其影响主要是通过庾阐的山水诗与郭璞的游仙诗写作手法及套路实现的。

庾阐的山水诗虽已属于纯粹的山水之作,但一部分诗歌是以体悟玄道为主旨的。如《三月三日诗》:"心结湘川渚,目散冲霄外。清泉吐翠流,渌藤漂素激。悠想跨长川,轻澜激如带。"① "心结"一词表明诗人是带着玄思来观赏山水的,"目散"则是由眼前之景而浮想联翩,任神思飞至云霄之外,"悠想"写诗人"思接千载,视通万里",思绪进入无限的境界。这篇山水诗也因为诗人"目""心""想"的干预而呈现出冲淡悠远的风格。又如《衡山诗》:"寂坐挹虚恬,运目情四豁。""未体江湖悠,安识南溟阔。"② "寂坐"是悟玄的方式,修道士摒弃一切外界的干扰,思虑高度专注,才能进入自由虚无的境地。"虚恬",清虚恬淡,排除纷纷扰扰的外物影响,精神放松逍遥。"运目""四豁"是指张开双目而远观以使情绪到处游走而豁然开朗。可见,诗人是带着玄思来观景的,思绪与景物相融,韵味隽永。这影响了后来玄言诗借山水来体悟玄理的方式。王羲之《答许询诗》:"取欢仁智乐,寄畅山水阴。清泠涧下濑,历落松竹松。争先非吾事,静

---

① 逯钦立辑:《先秦汉魏晋南北朝诗》,中华书局 1988 年版,第 873 页。
② 同①。

照在忘求。"① 也是在描写山水时寄寓玄理。又如孙绰的《秋日诗》："萧瑟仲秋月，飂戾风云高。山居感时变，远客兴长谣。疏林积凉风，虚岫结凝霄。湛露洒庭林，密叶辞荣条。抚菌悲先落，攀松羡后凋。垂纶在林野，交情远市朝。澹然古怀心，濠上岂伊遥。"② 这是一首形象性较强的玄言诗，写秋天萧索之景象，发人生短促之感慨。结尾两句化用《庄子·秋水》的典故，说自己逍遥于林野的生活和庄子的濠上之游没有区别，但也是在对景物的描绘中而寄寓玄理的。可见，两晋之际诗人在山水景物中寄寓玄思的方式，对后来玄言诗借山水以悟理的写作手法有重要影响。

两晋之际诗人郭璞《游仙诗》对"坐忘"之功情景的描绘，所刻画隐者"悟道"的画面对东晋玄言诗也有影响。如郭璞《游仙诗》其八："旸谷吐灵曜，扶桑森千丈。朱霞升东山，朝日何晃朗。回风流曲棂，幽室发逸响。悠然心永怀，眇尔自遐想。仰思举云翼，延首矫玉掌。啸傲遗世罗，纵情任独往。明道虽若昧，其中有妙象。希贤宜励德，羡鱼当结网。"③ 描绘了旸谷、灵曜、朱霞、东山、朝日、回风、曲棂等意象，呈现了一个与世隔绝、环境清幽肃穆的仙境。在静谧的山林清晨，在幽邃的居室里，隐者正在进行玄思悟道，他的思维挣脱人世的罗网，在海阔天空中纵情往来。最后两句则表达出诗人想要隐逸的愿望。支遁《咏怀诗》其三："晞阳熙春圃，悠缅叹时往。感物思所托，萧条逸韵上。尚想天台峻，仿佛岩阶仰。泠风洒兰林，管濑奏清响。霄崖育灵蔼，神蔬含润长。丹沙映翠濑，芳芝曜五爽。苕苕重岫深，寥寥石室朗。中有寻化士，外身解世网。抱朴镇有心，

---

① 逯钦立辑：《先秦汉魏晋南北朝诗》，中华书局 1988 年版，第 896 页。
② 同①，第 901-902 页。
③ 同①，第 866 页。

挥玄拂无想。隗隗形崖颓,冏冏神宇敞。宛转元造化,缥瞥邻大象。愿投若人踪,高步振策杖。"① 诗人描绘天台山、石阶、清风、兰林、泉声、霄崖、灵草、翠涫、丹沙等意象,声色兼备,动静结合,展示了一个一尘不染、清净明朗而又生机毕露的仙境。在一个幽深的山洞,一位高士静坐着,专心修炼,忘却世俗。诗中清丽的山川、幽静的石室皆映衬了修道者高雅不凡的形象。最后两句表达了诗人对玄远之境的企慕和追求。通过以上分析,两首诗都是以感悟而入,经写景、造境、论理,最后明志,表达自己对玄远之境或求仙隐逸的企慕与追求。可见,郭璞的《游仙诗》写作套路在一定程度上影响了东晋玄言诗的写法。

可见,两晋之际诗歌东晋玄言诗有两方面的影响:一是庾阐的山水诗在对山水景物的描绘中寄寓玄理,影响了东晋玄言诗借山水以悟理的写作手法;二是郭璞的游仙诗以感悟而入,经写景、造境、论理,最后明志的写作过程,影响了东晋玄言诗的写作套路。

总之,两晋之际文学是世道混乱、政治局势纷繁复杂的特殊背景下的产物。士人在世风奢靡、玄风弥漫的社会环境下,过着浮夸而放诞的生活,落之于笔端,便是玄而又玄的诗句,呈现出软弱低迷的风貌。在糜烂的风气催化下,西晋很快走上了亡国之路。面对政治的巨变,一部分士人想方设法地求全以自适,而另一部分士人则走上了匡扶晋室之路。那些爱国之士目睹了百姓的流离失所、胡族的肆虐践踏,经历了亲友的离散之后,一方面开始反思晋亡之教训,对当时统治者发出了种种控诉,以及力挽晋室于狂澜的慷慨之音;另一方面,国破家亡的双重打击,使得他们内心痛苦不堪,发之于诗歌便有对现

---

① 逯钦立辑:《先秦汉魏晋南北朝诗》,中华书局1988年版,第1081页。

实无奈的哀叹，以及对人生短暂而功业未建的焦虑。晋室南渡以后，士人开始汲取西晋灭亡之教训，意识到必须改变世风、摒弃玄风以新俗化，而南渡过来的士人历经前朝覆亡而深怀忧虑，再加之统治者的不加重用而郁结愤懑，于是便在南方山明水秀的吸引下，干脆选择求仙访道和醉情山水，也由此而使得游仙诗和山水诗绽放光辉。总结来说，两晋之际的文学实则是反思文学与探讨出路之文学，在诗风上呈现出清拔、慷慨的面貌，故钟嵘《诗品》有"（刘琨）善为凄戾之词，自有清拔之气"及"《游仙》之作，辞多慷慨，乖远玄宗"的论语。

两晋之际文学是两晋文学的重要一环，既承曹魏建安文学、正始文学、西晋太康文学，又接东晋玄言文学与山水文学。而两晋之际诗歌又是两晋之际文学中最为值得关注的。

在内容上，刘琨的诗歌体现了建安文学中政治理想的高扬、人生苦短的哀叹、浓郁的悲剧色彩这三个特点。如《扶风歌》"左手弯繁弱，右手挥龙渊"呈现出的英雄形象及建功立业的决心，与曹植所塑造的"宿昔秉良弓，楛矢何参差"的游侠儿形象及驰骋沙场的愿望相近；《重赠卢谌》"功业未及建，夕阳忽西流"对时光流逝的感叹与曹植的"人生处一世，去若朝露晞"相近；《重赠卢谌》"何意百炼钢，化为绕指柔"的被拘困境与曹植"自谓终天路，忽然下沉泉"的人生骤变相近。郭璞的诗歌则体现了正始文学抒写苦闷的特点。以阮籍和郭璞作比，虽然一个是不愿为统治者服务而依违避就，一个是愿意为统治者服务而不得重用，但发之于诗歌都意在表现内心的压抑与苦闷，如郭璞《游仙诗》其三中"悲来恻丹心，零泪缘缨流"的忧愤与阮籍"徘徊将何见，忧思独伤心"的焦虑就很相近。并且，造成他们内心苦闷的原因，也皆由他们内在所抱有的儒家济世思想与外在不良的现实政治统治所存在的矛盾而引起。在外在表现形式上，虽一个是以求仙问道来超越尘俗,一个是醉酒恸哭来排遣苦闷,但实际上也都是他们对司马氏统治的反抗与控诉。两晋之际文学在艺术上则多汲取太康文学的特点。钟嵘《诗品》"宪章潘岳,文体相辉,彪炳可玩"就指出了郭璞在写作上多效法太康诗人重视华词丽藻的特点。此外,两晋之际诗人在创作上喜用典,这与太康文学追求繁缛的艺术形式是相承的。两晋之际文学还开启东晋文学的大门,诗歌中所涉及的玄理内容进一步为东晋玄言文学奠定了基础。

因此,两晋之际的诗歌不仅与建安慷慨之音、正始遥深之旨、太康之风一脉相承,而且还进一步扩开了东晋玄言诗歌之道路,在两晋文学史上是一个不可忽略的存在。

参考文献

[1] 司马光. 资治通鉴 [M]. 北京：中华书局，1956.

[2] 房玄龄. 晋书 [M]. 北京：中华书局，1974.

[3] 王先谦. 庄子集解 [M]. 北京：中华书局，1987.

[4] 严可均. 全上古三代秦汉三国六朝文 [M]. 北京：中华书局，1965.

[5] 逯钦立. 先秦汉魏晋南北朝诗 [M]. 北京：中华书局，1983.

[6] 余嘉锡. 世说新语笺疏 [M]. 北京：中华书局，1993.

[7] 周振甫. 文心雕龙注释 [M]. 北京：人民文学出版社，1981.

[8] 萧统. 昭明文选 [M]. 李善，注. 北京：中华书局，1977.

[9] 殷孟伦. 汉魏六朝百三家集题辞注 [M]. 北京：人民文学出版社，1960.

[10] 杨明照. 抱朴子外篇校笺 [M]. 北京：中华书局，1997.

[11] 赵天瑞. 刘琨集 [M]. 天津：天津古籍出版社，1996.

[12] 聂恩彦. 郭弘农集校注 [M]. 太原：山西人民出版社，1989.

[13] 刘师培. 中国中古文学史讲义 [M]. 上海：上海古籍出版社，2000.

[14] 王瑶. 中古文学史论 [M]. 北京：北京大学出版社，1998.

[15] 陆侃如. 中古文学系年 [M]. 北京：人民文学出版社，1985.

[16] 徐公持. 魏晋文学史 [M]. 北京：人民文学出版社，1999.

[17] 袁行霈. 中国文学史 [M]. 北京：高等教育出版社，1999.

[18] 胡国瑞. 魏晋南北朝文学史 [M]. 上海：上海文艺出版社，1980.

[19] 罗根泽. 中国文学批评史 [M]. 上海：上海古籍出版社，1984.

[20] 曹道衡. 中古文学史论文集 [M]. 北京：中华书局，1986.

[21] 汤用彤. 魏晋玄学论稿 [M]. 上海：上海古籍出版社，2001.

[22] 叶嘉莹. 叶嘉莹说汉魏六朝诗 [M]. 北京：中华书局，2007.

[23] 罗宗强. 玄学与魏晋士人心态 [M]. 天津：南开大学出版社，2003.

[24] 罗宗强. 魏晋南北朝文学思想史 [M]. 北京：中华书局，1990.

[25] 余英时. 士与中国文化 [M]. 上海：上海人民出版社，1987.

[26] 邓仕梁. 两晋诗论 [M]. 香港：香港中文大学出版社，1972.

[27] 郭绍虞. 中国历代文论选 [M]. 上海：上海古籍出版社，1986.

[28] 张可礼. 东晋文艺综合研究 [M]. 济南：山东大学出版社，2001.

[29] 王晓毅. 儒释道与魏晋玄学形成 [M]. 北京：中华书局，2003.

［30］吕思勉．两晋南北朝史［M］．上海：上海古籍出版社，1983．

［31］詹福瑞．中古文学理论范畴［M］．北京：中华书局，2005．

［32］姜剑云．太康文学研究［M］．北京：中华书局，2003．

［33］连镇标．郭璞研究［M］．上海：上海三联书店，2002．

［34］余冠英．汉魏六朝诗论丛［M］．上海：古典文学出版社，1956．

［35］李文初．汉魏六朝文学研究［M］．广州：广东人民出版社，2000．

［36］聂石樵．魏晋南北朝文学史［M］．北京：中华书局，2007．

［37］陈钟凡．汉魏六朝文学［M］．上海：上海书店，1996．

［38］胡大雷．中古文学集团［M］．桂林：广西师范大学出版社，1996．

［39］田小军．两晋河北作家简论［J］．河北民族师范学院学报，2004（4）：38-41．

［40］姚晓菲．百年东晋文学研究述论［J］．江淮论坛，2005（5）：171-176．

［41］霍贵高．东晋文学研究［D］．石家庄：河北大学，2010．

［42］肖芹．两晋之交文学研究［D］．长沙：湖南师范大学，2012．

附录一

两晋之际诗歌研究综述

孙耀庆

笔者所框定的两晋之际的诗人,他们大都是经历过"永嘉之乱"或是受这一历史背景影响较深的一些作家,他们主要生活在晋怀帝永嘉元年(307)到晋成帝太宁三年(325),是西晋之末和东晋前期的作家。通过确定这些作家的生卒年及其诗歌创作的风格概貌,最后框定为两晋之际的诗人有刘琨、卢谌、郭璞、葛洪、干宝、杨方、李充、曹毗、温峤、庾阐。目前,有关于这些诗人作为文学史的重要作家研究的论著,也有关于单个作家研究的论著。笔者将其分为总体研究和单个作家研究。

一 通论性质的研究

关于这一阶段的诗人诗歌研究主要出现在一些文学史的专著中。

郭伯恭《魏晋诗歌概论》第五章"永嘉以后之诗坛"第一节在论及了永嘉的社会环境后,在第二节考证了刘琨、卢谌、郭璞的生平,并对他们的一些诗歌如《扶风歌》《赠崔温》《游仙诗》进行了分析,将这三位诗人看作两晋承转的作家。

徐公持《魏晋文学史》在第二编"西晋文学"第七章主要介绍了刘琨的生平经历与诗歌创作,以及卢谌的生平和诗歌,其中对二人的诗歌进行了较为细致的梳理,对其艺术风格有较为准确的概述。在第三编"东晋文学"中概说了时代社会与东晋文学的关系,介绍了庾亮、温峤、庾阐、李充、干宝、郭璞、葛洪的生平事迹和交游关系,以及他们的诗文创作,其中对温峤的《回文虚言诗》的内容来源考证以及庾阐的山水诗分类都对笔者很有启发。

曹道衡《魏晋文学》的第八章"从太康到永嘉(下)"在第六节梳理了刘琨的生平事迹,特别是刘琨的征旅生涯,并分析了《扶风歌》《重赠卢谌》这两首诗,以及刘琨创作这两首诗时的境遇和心理状态。第九章"东晋文学"第一节梳理了郭璞的生平,主要包括郭璞在"八王之乱"时的境遇和创作,以及被王敦迫害的始末。也分析了郭璞的部分《游仙诗》,并探寻了郭璞的思想历程。其中还提及杨方、李充、曹毗、庾亮,分析了杨方的《合欢诗》、李充的《嘲友人诗》

和曹毗的《夜听捣衣诗》，还提及庾亮的文学地位和政治地位。这对笔者影响很大，因为在这之前笔者还没有看到关于杨方三人诗歌的分析和诗里所流露出的作家心态剖析的内容。第二节和第三节有关于葛洪的神仙炼丹之事，干宝《搜神记》中的鬼怪之事，庾阐的山水诗的分析，其内容都让笔者受益匪浅。此外，曹道衡、沈玉成《中古文学史论文集》中"晋代作家六考"一部分有关于干宝、庾阐、曹毗、李充、卢谌的生卒年、仕历、事迹的考证极其准确，对笔者框定诗人和了解诗人的生平有重要影响。

陆侃如《中古文学系年》与张可礼《东晋文艺系年》中有对永嘉之际的诗人的生卒、行迹、著述的考证。此外，张可礼《东晋文艺综合研究》论述了东晋前期、中期、后期三个阶段的文艺面貌和特征，其中东晋前期中关于郭璞等的论述对笔者很有启发。此外，张可礼在论述东晋的门阀士族与文艺之间的关系，以及东晋书法、文学、绘画的发展程度及彼此之间的联系等方面，都使笔者获益良多。

（日）佐藤利行《西晋文学研究》第一章第四节"西晋文坛关系年谱"有关于永嘉之际的诗人生平事迹的记述。霍贵高的博士学位论文《东晋文学综合研究》第一章中关于郭璞、干宝、庾阐、曹毗生平考述与人格精神解析，较为详尽地梳理、考证了这些作家的生平，对其思想、精神、心理状态有着较为深刻的剖析。肖芹的硕士学位论文《两晋之交文学研究》在宏观上论述了两晋之交文学背景与创作概况、两晋之交的救亡之作、两晋之交的隐逸之作和两晋之交的玄思之作。

由以上可以看出，这些研究者们对两晋之际的诗人在生平、仕历、事迹的考证上有较为丰硕的成果，但都较零散，没有形成一个完整的系统。研究者们在诗歌的分析上较为深入，但都只侧重在一些品格较高、成就较大的诗歌的分析上，忽视了一些能反映时代特征的诗歌。因此，笔者期望本文能为两晋之际的诗歌建立一个较为完整的系统，并且尽可能地挖掘诗歌意蕴的深度。

二 个案性质的研究

（一）刘琨研究

赵天瑞《刘琨集》对刘琨的诗文做了笺释，列出了佚文存目的篇章，梳理了刘琨的年谱；此外还选编了《晋书》《晋略》等史料对刘琨的记载，《通鉴纪事本末》等史料对刘琨的评价，以及《文心雕龙》《诗品》等文学批评著作对刘琨诗文的批评，近人陈延杰、谭正璧等，今人陆侃如、冯沅君、朱东润对刘琨其人其诗的评价；同时还选录了鲍照、江淹、杜甫等诗人对刘琨的歌咏诗句。这部专著关于刘琨的研究内容极为丰赡，启发了笔者的思维，开阔了笔者的视野。

倪佩丽的硕士学位论文《刘琨研究》，对刘琨的家世和生平有较为细致的梳理，分析了刘琨的诗文，特别是梳理了刘琨与卢谌的赠答诗的始末，以及后世对刘琨的评价。

此外还有一些关于刘琨的单篇论文研究，笔者将其分为刘琨其人研究、刘琨诗歌研究、刘琨的影响及其对刘琨其人的评价。

刘琨其人研究包括刘琨的身世、生平事迹研究，刘琨的思想及其变化研究，刘琨的人格特征及其人格魅力研究以及刘琨的悲剧成因研究。

关于刘琨的身世、生平事迹研究，吴鈺鈺的《刘琨早期仕宦活动的年序考异》认为刘琨的生卒年岁应以王隐《晋书》为据，即刘琨是生于晋武帝泰始九年（273），卒于元帝太兴元年（318），享年45岁。李静的《勇者刘琨》主要介绍了刘琨一生戎马生涯的经历，包括与祖逖"闻鸡起舞"，危难之时受命并州刺史，在上党就地招募军队，与刘汉军一路周旋，历尽艰辛到达晋阳，向猗卢求援，猗卢带兵20万为其复夺晋阳，以及劝诫我们从特定的历史时代来评价刘琨。

关于刘琨的思想及其变化研究，杨溢、高蕊的《评刘琨的儒家思想及其在创作中的表现》认为从刘琨的前期行为及现存的后期诗文来看，刘琨的思想表现为以儒家入世思想为主，兼及道家的特点，并论述了其儒家思想的形成原因。也从以下四个方面论述了刘琨的言行及其作品中的儒家思想：一是理想远大，渴望建功立业；二是关注现实，具有强烈的忧患意识；三是具有深厚的爱国之情和忠君之思；四是其儒家思想对其诗文内容和文风的影响。罗星明的《定乱扶衰，慷慨悲壮——谈刘琨及其诗》认为刘琨在永嘉之乱前后期，在生活上经历了从浮华放纵到艰苦奋战的变化；在思想上发生了从追慕老庄、阮籍的"出世"到崇尚周公、孔子的"入世"变化；在创作上经历了从吟咏风月的贵族才子到反映现实的爱国诗人的变化；并探讨了刘琨雄峻清刚的诗风。

关于刘琨的人格特征及其人格魅力的研究，张明明的《何意百炼钢，化为绕指柔——从刘琨与卢谌二人的赠答之作分析刘琨其人的人格魅力》从刘琨与卢谌的三首狱中赠答诗，即刘琨的《赠卢谌》（握中有悬璧）、卢谌的《答刘琨》（随宝产汉滨）、刘琨的《重赠卢谌》

(璧由识者显)探讨了刘琨宽广的胸襟,以及为国家的命运不懈斗争的人格魅力。叶枫宇的《刘琨的人格与文风》分析了刘琨人格特征的复杂性,即:既出身名门、抱负远大,又不问是非、急躁冒进;既积极用世、有豪侠气概,又刚愎自用。也通过分析其诗,论述了其传奇的人生经历加上独特的气质使他形成了清拔脱俗的文风。

关于刘琨的悲剧成因的研究,武志佳的《从刘琨经历和诗歌看刘琨悲剧》介绍了刘琨在永嘉之乱前后的生平遭际,并分析了刘琨诗歌中所体现出来的忧国忧民的情怀和英雄末路的遭际,最后从动乱的社会时代和刘琨自身的性格缺陷两个方面分析了刘琨的悲剧成因。杨海凤的《刘琨悲剧的主观原因》认为刘琨的悲剧造成的原因有时代的客观原因和自身的主观原因,其中自身的主观原因占了更大的比重:他志向远大,却又才不及志;爱国,又夹杂着自己的私心,同时又表现出一定的历史局限性。这样的自身矛盾冲突导致了他的悲剧。梁建徽的《刘琨死因考略》从"段匹䃅根本无害刘琨之意""杀害刘琨的主谋应是王敦""刘琨的性格决定了他走向自取灭亡的道路"三个方面论述了刘琨的死因应是刘琨自身妒贤嫉能、刚愎自用的性格所致而非其他。董慧秀的《刘琨之死记疑》通过分析段匹䃅因内争,忌刘琨害己而先发制人的可能性不存在,而认为杀害刘琨的元凶应该是东晋政权的缔造者王敦与司马睿,而段匹䃅只是执行死刑的刽子手。

刘琨诗歌研究主要集中在刘琨与卢谌的赠答诗研究、刘琨的诗风及钟嵘、刘勰对刘琨的评价研究上。

关于刘琨与卢谌的赠答诗的研究,顾农的《关于刘琨与卢谌的赠答诗》通过厘清刘琨与卢谌二人关系的由来和发展,对二人之间过去的诗歌书信的信息给予了注释和澄清,最后证明把刘琨赠卢谌的"握中有悬璧"这首五言诗题作《重赠卢谌》是不恰当的。喻斌的《刘琨与卢谌赠答诗考辨》以刘琨的《重赠卢谌》为对象，考辨了刘琨与卢谌的赠答过程，最后证明刘琨对卢谌先后有两次赠诗，而"握中有悬璧"实为前赠，并非重赠。刘琨狱中与卢谌赠答诗共三首：其一为刘琨《赠卢谌》（握中有悬璧）；其二为卢谌《答刘琨》（随宝产汉滨）；其三为刘琨《重赠卢谌》（璧由识者显，龙因庆云翔）。刘文忠的《卢谌、刘琨赠答诗考辨》通过《先秦汉魏晋南北朝诗》《艺文类聚》考证刘琨的三首诗得知刘琨与卢谌之间的赠答诗往还为三次，分别为卢谌的《赠刘琨诗》二十章并书、刘琨的《答卢谌诗》八章并书、刘琨的《重赠卢谌诗》。

关于刘琨的诗风及其钟嵘、刘勰对刘琨的评价的研究，江振华的《慷慨悲壮，清拔多气——西晋末爱国诗人刘琨的诗作》主要介绍刘琨的生活经历和强烈的爱国精神，并通过分析《扶风歌》《重赠卢谌》等诗作论述了其慷慨悲壮、清拔多气的风格，以及上承建安风骨之泽、下启唐边塞诗之源的影响。田小军的《两晋河北作家简论》中也简单论述了刘琨的诗文特点，以及刘勰、钟嵘对其的评价。董慧秀的《刘琨、卢谌赠答诗始末推论》通过考察刘琨、卢谌赠答诗的诗序，以及分析赠答诗的意象和内容，考知赠答诗的先后顺序，从而有助于我们进一步理解赠答诗的写作背景和诗文旨意。亓静、赵玉柱的《清新刚健，悲壮慷慨——刘琨诗风及成因探析》通过分析刘琨的《扶风歌》《答卢谌诗并序》《重赠卢谌》，认为其风格可以概括为"清新刚健，悲壮慷慨"，而其风格的成因与当时的时代环境、作者的经历和气质禀赋有关。魏崇周的《释"刘琨雅壮而多风"——简论刘琨的创作倾向》论述了刘琨的"多风"表现在他的"志"和"气"。其"气"的个性化特点是"清刚之气"，而"清"往往与"啸"联系在一起，其"刚"又有"豪""愤""悲"之意。刘琨的"良才"体现在"善叙"上,包括浓烈的感情、流畅的韵律、圆融的思路,以及富有生气和感染力的表达。史小贺的《钟嵘〈诗品〉刘琨条疏证》通过分析刘琨和王粲的生平和作品主题、用词,证明刘琨诗源出于王粲。并通过分析《扶风歌》等作品证明刘琨正是因以"凄戾之词""清刚之气"的诗风秉承了"建安风骨",而获得了钟嵘的肯定,又因其缺乏典雅和文采而被列于中品,也因此认为钟嵘对刘琨的评价是合理的。马世年的《刘琨诗考论》认为刘琨的创作以"永嘉之乱"为前后两期。其诗今存4首,《扶风歌·南山石嵬嵬》是其早期之作,《扶风歌·朝发广莫门》《答卢谌诗》《重赠卢谌》是其后期之作。且作者不同意《答卢谌诗》是刘琨绝笔之作的说法。此外,作者还论述了刘琨的"凄戾之词"与"清拔之气"的诗风。

刘琨其人其诗对后代产生了重要的影响,后人对其亦是褒贬不一,因此我们要客观、全面地评价刘琨。

关于刘琨的影响及对刘琨其人的评价研究,范兆飞的《永嘉乱后的并州局势——以刘琨刺并为中心》从刘琨刺并前的政治形势、刘琨刺并的力量凭借、刘琨刺并的经营策略、刘琨死后的声名浮沉这四个方面论述了刘琨对永嘉之乱后的政治格局的重要作用。高莹、朱景辉的《论西晋诗人刘琨的经典化历程》认为刘琨的经典化历程是由读者和作者共同构建的。其经典地位是由作者的人格精神、诗歌气质、艺术表现等共同构建而成的。他的慷慨志士情怀、诗歌的清刚风骨对于我们当代的精神文明建构也具有重要的意义与价值。姚瑶的《略论刘琨诗歌的文学史意义》通过刘琨与曹操、郭璞、盛唐边塞诗人群体在诗歌风格、诗人气质等方面的比较,论述了刘琨刚健悲慨的诗歌风格、积极进取的诗人气质在文学史中承前启后、不同凡响的地位和作用。

刘国石的《评刘琨》从历史学的角度论述了刘琨在北方与少数民族贵族政权的斗争代表了汉族人民的利益，在一定程度上保护了汉人的生命、财产；刘琨的斗争也使少数民族贵族政权在一定程度上改变了对汉族人民和大族的政策。同时，刘琨的斗争对牵制北方少数民族贵族政权兵力也起了一定作用。庞思纯的《要全面地评价刘琨》对刘琨一生的历程——刘琨的青壮年时代；刘琨临危效忠，出任并州刺史；崎岖汾晋，与刘曜、石勒相抗衡；刘琨被段匹磾及其子所欺骗，死于同盟之手——进行了全面的剖析和判断。认为对刘琨的评价要以37岁为界，其前期、后期各有功过，应否定其前期，着重肯定其后期。

（二）卢谌研究

钟嵘将卢谌的诗歌列在了中品，可见其诗歌艺术水平也不低。笔者找到的专门对卢谌进行研究的文章有两篇。

姜岩松的硕士学位论文《卢谌研究》介绍了卢谌的生平经历，考述了卢谌的家世，以及卢氏家族的家学、家风问题，深入地分析了卢谌的性格，论述了卢谌的诗文。这篇论文内容翔实丰赡，论证有力。

王贞春的《宴游赏玄意颠沛贵真情——卢谌诗文创作研究》介绍了卢谌的生平及主要创作。把卢谌的人生经历以洛阳陷落为界分为两个阶段，并以此界限也将卢谌的创作分为这两个阶段。前期，卢谌过着贵游子弟的生活，创作上沾染了玄学风气；后期，卢谌的生活颠沛流离，其创作流露出与同僚和友人之间的真实感情。

其他研究卢谌的文章主要是关于卢谌与刘琨的赠答诗的，在上文"刘琨研究"那里已有提及，在这里不多赘述。

(三) 郭璞研究

聂恩彦的《郭弘农集校注》对郭璞的诗文做了校注。

李娜的硕士学位论文《郭璞的生活与创作》考察了郭璞所处时代下的诗人心态、文化思潮对郭璞的影响,并对郭璞的生活经历进行梳理,挖掘其创作风格形成的内在原因,考察了郭璞的赠答诗和游仙诗的创作情况,分析了郭璞的忧思沉郁、坎壈情怀的风格。

马凌云的硕士学位论文《郭璞创作神异性研究》从意象神异、征书用典神异、见解神异、艺术风格神异四个方面论述了郭璞作品的神异性。

赵玉霞的硕士学位论文《郭璞游仙诗中忧患意识研究》论述郭璞出身寒门、才高名蹇的生平,以及知识渊博、著述丰富的文学成就。从郭璞"企慕仙境、追求自由""忧国患民、积极入世""忧生患命、待时避世"三个方面论述了郭璞游仙诗中的忧患意识,认为郭璞游仙诗出现忧患意识的文化根源是其外道内儒的思想。

单篇论文中关于郭璞研究可分为三部分:郭璞其人研究、《游仙诗》研究、《诗品》对郭璞评价研究。

关于郭璞其人研究,主要包括三个方面:一是关于郭璞生平事迹及成就的研究;二是关于郭璞的道教思想与易学思想的研究;三是关于郭璞人格构成及悲剧结局的研究。

关于考证郭璞的生平事迹的文章有:沈海波的《郭璞行年考》主要通过《晋书·郭璞传》《郭璞别传》及郭璞本人的诗歌考证了郭璞的家世、交游、事迹。侯百朋的《郭璞永嘉郡卜城说质疑》认为郭璞卜筑永嘉郡城只是个美丽的传说,在编《温州市志》里没有记载此事。而胡珠生的《郭璞永嘉郡卜城史实不容否定——与侯百朋先生商榷》通过考证认为郭璞卜筑永嘉郡城是史实，新编《温州市志》删去不录有欠妥当。

关于论述郭璞的博学多才和传奇人生的文章有：清扬的《宏博神异说郭璞》从郭璞精好经术、古文字，洞悉五行阴阳，通晓天文、卜筮，文学造诣这几个方面论述了郭璞的宏博多才。高国藩的《郭璞简论》主要介绍了郭璞的训诂学成就，崇尚老庄又受孔子影响的思想，以及他的《游仙诗》、赋、文章及对后世的影响。子恕、萧韵的《三晋奇才——郭璞》从易学、文学、训诂学、博物学四个方面论述了郭璞高才博识、富有传奇的人生。王澍的《郭璞三论》从"郭璞的政治观是游石不避、和光同尘""郭璞的学术表面上类似汉学，实质是魏晋玄学一路""郭璞的鬼神观属道家天道自然论或气化自然论"这三个方面证明了郭璞是魏晋六朝时期的文化巨子。谢伟峰的《传奇式的人物——郭璞》通过介绍郭璞的生平事迹，认为郭璞并非仅仅是一个术士，而是一位风流学士、历史俊杰。

关于郭璞的道教思想与易学思想研究较为深入的是连镇标。他发表在《道教论坛》上的《郭璞与道教》一文从郭璞是笃厚的道德宗教信仰者和渗透在郭璞《游仙诗》中的道教思想两个方面论述了郭璞与道教之间的关系。连镇标发表在《福建师范大学学报》的《郭璞道教思想考》主要论述了体现在易卜、堪舆实践中的道教色彩，《游仙诗》《江赋》中的神仙色彩，以及渗透在《山海经注》中的道教色彩。发表在《周易研究》上的《郭璞易学思想考》从三个方面对郭璞的易学思想进行了梳理：一是结合郭璞的诗、赋、文，指出郭璞对周易义理的承袭与发挥；二是结合《晋书》本传、郭璞《易冻林》，从取象运数、据象成辞及阴阳灾异说等方面，深入阐析郭璞对焦赣、京房、管辂易象数学的继承与发展；三是结合郭璞的行状，指出郭璞在易占实践上为改革易占方法、完善易占辞以适应现实需要所做出的贡献，从而表明郭璞是位既重义理又重象数，既重理论又重实践的易学大师。还有《郭璞易占关系与道教关系探考》主要探考了郭璞易占和道教之间的关系，并从"郭璞易占活动的道教化""以易占为手段度人入道""郭璞是易占大师、道教楷模"三个方面论述了郭璞将易占和道教结合起来，相得益彰。

关于解析郭璞人格构成的文章有：李景奇的《论郭璞的忧患与超脱意识》论述了郭璞的忧患意识，包括对国家、黎民的忧患和对生命短促的忧患。也论述了郭璞强烈的超脱意识，主要体现在《游仙诗》里，特别是诗里对于神仙境界的描绘。彭建华的《郭璞的人格构成与诗性的超越》论述了郭璞儒道互补的双重人格和超越的诗格。并且认为他对心理焦虑的诗性超越，通过他创造出的道士、蓬莱等诗歌意象和创作《游仙诗》表现了出来。赵沛霖的《两种不同人生价值取向的抉择——郭璞〈游仙诗·京华游仙窟〉试解》对《京华游仙窟》整首诗特别是前四句诗做了重新解读：郭璞否定了以"游侠"为文化符号的积极作为、倾力救世的人生价值取向，而肯定了以"山林隐遁"为文化符号的出世远游、学道成仙的人生价值取向。并通过这一价值取向而坚定了"高蹈风尘外"，使自己成为漆园傲吏和蓬莱氏那样神仙的决心。翁频的《论郭璞身份认同的错位——兼论汉末魏晋时期思想与学术的历史流变》主要论述了郭璞以占筮为主的政治活动，以及造成郭璞人生悲剧的根源即他自己眼中的"士人"和别人眼中的"占卜家"身份认同的矛盾，以及郭璞身份认同错位的原因即动荡不安的社会环境。赵玉霞的《论嵇康郭璞的双重生命特征》从"才高命蹇、生不逢时""寄情仙境、鄙弃现实""身处边缘、心存社稷""忧时贵生、舍生取义"四个方面论述了嵇康和郭璞的外在和内在的生命特征。王海青的《儒道文化的冲突与交融——郭璞人格简论》论述了郭璞人格的表层形态偏重于道,其人格底蕴是儒家积极入世的精神。方芸虹的《儒道双修的郭璞》从动荡乱世里的游仙诗和天道自然观下的风水学两个方面探讨研究了郭璞。

关于探究郭璞悲剧结局的文章有:赵沛霖的《驾鹤仙去:郭璞之死解读》认为支撑郭璞慷慨赴死的内在驱动力,不是儒家的视死如归、杀身成仁的政治理念和道德精神,而是道家的摆脱人间苦难、升仙成道的宗教信仰和理想。也是在宗教动机的支配下才使他既做出了一系列荒诞乖谬的举动,又能面对屠刀视死如归。因此,郭璞既是东晋上层统治内部斗争的牺牲品,也是神仙道教的虔诚殉道者。郭润伟的《郭璞的文化成就及其悲剧结局》主要论述了郭璞在文学、神话学、训诂学上的成就,以及混乱不堪的社会现实和他满腔的用世之志的矛盾导致了他的悲剧。

《游仙诗》研究可分为两方面:一是关于《游仙诗》的主旨研究;二是关于《游仙诗》与山水诗的关系研究。其中关于《游仙诗》的主旨研究,可谓"仁者见仁,智者见智",内容翔实丰富。有认为《游仙诗》中的仙趣与玄理同在的;有认为《游仙诗》主要是表达仙趣的,以及审视神仙世界与人间关系的;有认为《游仙诗》受到了玄风影响又超脱了玄风影响的;有认为《游仙诗》是包蕴儒家积极用世思想的,以及济世之志不能伸转而寄托到道家隐逸的。

关于《游仙诗》的主旨研究,认为《游仙诗》中的仙趣与玄理同在的文章有:陈顺智、张骏的《东晋玄言诗发展述略——东晋玄言诗研究之一》认为到郭璞时,"升仙的道教形式也往往被注入遗形取神的玄学内容",即神仙道教与玄学实现了交融。梅国宏的《论郭璞

〈游仙诗〉中的"仙"与"玄"》认为郭璞的思想同时受到了玄学和道教的影响，玄理和神仙观念二者是交融的。这一思想对郭璞《游仙诗》创作的影响便是形成了以玄理与仙趣为主的意象。这两种意象的整合，使郭璞的《游仙诗》的主题呈现出多层次、深刻性的特点。梅国宏还有《"仙"与"玄"的二重变奏——郭璞〈游仙诗〉探析》认为郭璞是在以游仙为主调的咏唱中同时具有"仙"与"玄"的旋律。追求隐逸、渴望超脱的玄学精神风貌为其游仙提供了驰骋想象的广阔空间；仰慕仙人、企求永生、追求自由，渗透着诗人对生命伦理和社会伦理的玄思。

认为《游仙诗》主要是表达仙趣的，以及审视神仙世界与人间关系的文章有：魏晓虹的《论郭璞游仙诗的艺术特色》认为郭璞的《游仙诗》有浓郁的仙道气氛和神话色彩，又有一种山水化的倾向，包蕴着人与自然的冥契，也有"坎壈之怀"之作，对晋代诗风转变做出了贡献。顾农的《论郭璞游仙诗的自叙性》认为郭璞的《游仙诗》虽有"列仙之趣"，但他其实并不相信神仙，而是完全借仙境来写人间，并且带有强烈的自叙传性质。由于诗人痛感天下大乱、人生苦短，才欲以道术自立，有着浓厚的隐逸与享乐的倾向。赵沛霖的《郭璞〈游仙诗〉中的神仙世界与宗教思想》认为郭璞《游仙诗》第三、第九两首诗中的神仙世界不是作为现实生活和诗人理想升华的艺术想象的产物，而是通过服食丹药、行气、服炼津液和"静啸"等方术修炼所诱发的宗教存想结果，具有鲜明的宗教性质。这两首诗的主要内容是由方术修炼、存想"幻视"所见的神仙世界和从神仙世界对人间的审视三部分构成。在这三个方面，这两首诗之间又存在明显差别，而这些差别无一例外都是学道修仙不断进展和加深的具体体现。赵沛霖的《郭璞的生命悲剧意识与〈游仙诗〉——兼析"非列仙之趣"与"列仙之趣"部分之间的关系》认为郭璞《游仙诗》中的"非列仙之趣"部分，是作者在抒写自己的生命悲剧及其所引起的焦虑和痛苦，而这种焦虑和痛苦主要不是因为世俗性的成败得失，而是因为生命悲剧所导致的终极关怀的失落和人生价值的虚无。此外，赵沛霖还论述了"非列仙之趣"部分和"列仙之趣"部分之间的关系，即前者是思想基础和原因，后者是实践践行和结果。卢凤鹏的《郭璞〈游仙诗〉论》认为郭璞的《游仙诗》至少是21首，只是较完整的有10首，其余为残片。并指出郭璞的《游仙诗》并不仅仅停留在描写仙人之趣和仙境之乐上，而是透过仙人、仙境寄寓诗人失意、苦闷之悲。

认为《游仙诗》受到了玄风影响又超脱了玄风影响的文章有：鲁同群的《郭璞和他的游仙诗》认为郭璞是生活在一个乱世而又玄学盛行的时代，因此他不可避免地沾染到了那个时代的风气，这使他的《游仙诗》中表现了浓厚的老庄思想，但又由于他的诗有自己的感情寄托和鲜明的形象，因而又高于同时代的玄言诗。姜广振的《玄学与郭璞〈游仙诗〉》认为郭璞的《游仙诗》超脱了魏晋玄风的影响，主要表现在三个方面：一是以隐逸情结为主旨，超现实色彩削弱；二是浓郁的山水情怀，对山水诗的形成具有重大的促进作用；三是诗中充满了丰富的思想感情，形成了一种艳逸风格。陈道贵的《郭璞〈游仙诗〉主旨说述评》通过分析游仙题材的发展脉络，指出郭璞游仙组诗中，既有借游仙题材以发坎壈情怀的"非列仙之趣"的作品，也存在表达其倾心仙道的"列仙之趣"的篇什。并劝诫我们应联系游仙作品在表情达意上的丰富性、多样性的特点，结合郭璞主观情思方面的复杂因素，对每一首具体诗进行客观分析，从而较好地理解其创作主旨所在。陈道贵的《东晋玄言诗与佛教关系略说》指出郭璞五言诗与后来孙绰、许询玄言诗的不同在于它所包含的神仙家言。正是由于神仙家言的存在，一方面，成为宣泄坎壈情怀的媒介；另一方面，又造成了"飘飘凌云"的艺术效果。谢小英的《郭璞〈游仙诗〉主旨再探》认为不应将游仙组诗的主旨划分为"列仙之趣"和"非列仙之趣"截然对立的两方阵，而应结合郭璞自身经历的复杂性和文学作品本身内涵的丰富性来考察其主旨。王乐园的《再论郭璞诗为晋"中兴第一"》论述了郭璞不可避免地受到东晋时代的玄言诗风的影响，在诗中阐发玄思，但其诗文采鲜明，寓意慷慨又异于玄言诗的平淡和肤浅，因此可以称得上钟嵘对其"中兴第一"的评价。王澧华的《郭璞与玄言诗风的变革》认为郭璞不是玄学名士中人，他同时受到了缘情绮靡与理过其辞两种诗风的影响，游仙诗风与玄言诗风既"似"又"不似"，且郭璞的《游仙诗》中的坎壈之怀，对淡乎寡味的玄言诗风产生了反驳的作用。

认为《游仙诗》是包蕴儒家积极用世思想的，以及济世之志不能伸转而寄托到道家隐逸的文章有：赵玉霞、刘海波的《论郭璞游仙诗中的忧患意识》论述了郭璞《游仙诗》中蕴含着深厚的忧患意识，包括对国家命运的忧思，对黎民苦难的忧戚，对时光流逝、生命短暂、壮志难酬的忧伤感慨。曹道衡的《郭璞和〈游仙诗〉》认为把郭璞的《游仙诗》看作后来玄言诗的先河目前还缺乏佐证，并通过梳理郭璞之前文学家们的"游仙"题材和分析郭璞《游仙诗》中的放达之语来说明郭璞的"游仙"诗并非是不关心现实或消极出世的。此外，还充分肯定了他"中兴第一"的地位。杜和平的《游仙诗：郭璞仕途念想的诗性表达》认为郭璞是一位儒道双修之士，《游仙诗》是其仕途念想的诗性表达，并认为郭璞仕途偃蹇的原因并非是修儒与修道的矛盾问题，而是门阀制度和社会动乱。也论述了《游仙诗》虽以"游仙"为题,但并不沉迷于虚幻的神仙世界,而是把隐逸和游仙合为一体来写。刘启云的《试论郭璞游仙诗的创作意向与审美表现》认为郭璞的作品具有深厚的现实思想内涵,表现为对国家命运、现实政治及个人前途虽自觉无望但仍热切关注的复杂心理。而其艺术精神受到了魏晋崇尚自由、任情达性的影响,他所描述的仙境在山林隐居之士和羽化仙子之间,把追求自由人格精神和文人士子不得于时联系在一起,这对于《游仙诗》的发展具有深远的意义。

关于《游仙诗》与山水诗的关系研究的文章有:杨宋锋的《郭璞〈游仙诗〉与山水诗浅论》除了介绍郭璞的生平事迹和山水诗的三个阶段,也论述了《游仙诗》的创作嬗变,以及其对山水诗承上启下的过渡作用。

另外,还有一些综括的文章,如:王薇的《试论东晋游仙——以〈文选〉所收〈游仙〉诗七首为例》以《文选》所收郭璞的七首《游仙诗》为切入点,从《游仙诗》盛行的时代背景、《游仙诗》主旨的分类及范畴的划定、《游仙诗》的艺术特色三个方面论述了东晋游仙诗的特点。欧阳忠伟的《浅谈郭璞和他的"游仙诗"》主要从郭璞的政治生活和性格特点及《游仙诗》的艺术特点和成就两个方面论述了郭璞及其《游仙诗》。

《诗品》对郭璞评价研究:陈昌文的《中古文学审美趣味的时代特征与个性特征——〈诗品中·晋弘农太守郭璞〉条含义发微》论述了《诗品》关于"晋弘农太守郭璞"条中包含两种文学审美思想,即"列仙之趣"与"坎壈之怀"。并认为郭璞《游仙诗》将玄风、仙趣融为一体,与李充等东晋人的审美趣味正相一致。而且阐明了钟嵘以"慷慨咏怀""彪炳可玩"来欣赏《游仙诗》反映出了中古文学审美思想的更进一步。王今辉的《钟嵘〈诗品〉(晋弘农太守郭璞)辨析》认为钟嵘与檀道鸾在郭璞和玄言诗的关系问题上意见不一而引起今人争议，是因为钟嵘、檀道鸾对郭诗不同层面的认识出发，来评价其在魏晋诗歌史上的地位，并不存在根本的矛盾。另外，作者认为钟嵘对郭璞《游仙诗》的态度问题而引起清人对钟嵘的不满，可能是因为版本讹滥而造成误读所致。杨恒宇的《钟嵘〈诗品〉郭璞条疏证》阐明郭璞与潘岳的渊源关系体现在他们的诗歌都具有绚丽轻快的风格和浓郁的抒情色彩。

另外，还有张和群的《小议刘勰〈文心雕龙〉对郭璞的评论》，她主要结合郭璞的《游仙诗》，探讨了刘勰在《文心雕龙》中对郭璞的总体文学成就、诗歌创作的评论。

综上，关于郭璞的研究取得了丰硕的成果，特别是关于《游仙诗》的主旨探析研究，可谓是众说纷纭、各抒己见。但是笔者认为，对于郭璞的《答贾九州愁诗三首》《与王使君诗五首》《答王门子诗六首》《赠温峤诗五首》的研究还很少，还有待于进一步挖掘。

（四）干宝研究

干宝只存诗两首：《百志诗》和《青溪小姑曲》，因而对其诗歌研究内容较少，主要集中在对干宝其人的研究、《搜神记》的研究与干宝著述考证上。由于笔者所做的题目是诗歌研究，故只概述干宝其人研究现状。

干宝其人研究主要包括三个方面：有关于干宝的身世、籍贯、生平研究；干宝的宗教观、易学研究及其贡献；干宝的史学思想及其贡献研究。

干宝的身世、籍贯、生平研究：葛兆光的《干宝事迹材料稽录》多方搜集有关干宝的材料，整理考订纂辑成文。蒋方的《关于干宝——读〈干宝事迹材料稽录〉后》又对前者有遗漏的地方及其存在歧义的地方进行了考订。陈耀东、陈思群的《干宝籍贯考》主要考证了干宝的籍贯，认为河南新蔡是干宝的祖籍，但自从其父干莹到海盐做官，举家迁徙，最后逝于海盐，并且还有坟墓存在，可以证明干宝之籍贯应为海盐。李剑国的《干宝考》以翔实的文献史料考证了干宝的籍贯、家世、仕历、《搜神记》的著作过程。考知干宝祖籍是新蔡，后迁居海盐。永嘉五年（311）任佐著作郎，建武元年（317）擢升为著作郎，领修国史。咸和初补山阴令，迁始安太守。咸康元年（335）为司徒府右长史。咸康二年（336）卒。于建武元年（317）创作《搜神记》，约在司徒府成书。张庆民的《干宝生平事迹新考》对干宝的生平事迹做了系统考证、辨析，认为干宝生年或在吴末帝天纪四年（280）。建兴元年至建兴三年（313—315）任佐著作郎，复以平杜弢有功赐爵关内侯。建武元年（317）十一月任著作郎，领修国史，撰《晋纪》。太宁二年（324）补阴山令。太宁三年（325）迁始安太守。咸和二年（327）为司徒右长史。咸和九年（334）迁散骑常侍，领著作。咸康二年（336）三月卒。

有关干宝的宗教观、易学研究及其贡献：田汉云、沈玲的《论干宝的宗教观》从干宝宗教观的性质、干宝与佛教之关系、《搜神记》所反映的道教活动三个方面论述了干宝的宗教信仰是道教，而佛教对其影响甚微。林琳的《干宝易学哲学之探讨》论述了干宝易学蕴含的总体宇宙关怀和人文关切包括：理想礼法秩序的构建、圣人君子的人格期冀、天人合一的价值诉求。这些体现了干宝的人生追求，也使他以一个真正的儒者身份解决所遭遇的时代性问题。林忠军的《干宝易学研究》除了介绍干宝的生平事迹及著作,还论述了干宝在易学上的造诣特点,如多用"京氏易"的概念及理论推求象数易学之大义;巧妙地推衍卦气说,并以此为象注释易辞;以史注易。最后还评价了干氏易学。

干宝的史学思想及其贡献研究:李颖科的《论干宝的史学思想》从进步的社会历史观、秉笔直书的治史态度、匡时救世的儒家学说、参得失的鉴戒史观四个方面论述了干宝的史学思想。李峰的《干宝史学思想钩沉》从史学的角度,论述了干宝在史学上的贡献。有:干宝受《周易》变易观的影响,具有丰富的历史变化思想;重视学术之功,极力崇儒贬玄;参得失、重鉴戒的历史评论,对西晋的统治进行了精辟地剖析;在历史编纂学方面,提出了一系列富有新意的主张。程有为的《论干宝的史学建树与贡献》主要论述了干宝的《晋纪》及其史学价值、《搜神记》的史料价值及干宝的史论与史观。李颖科的《干宝在历史编纂学上的贡献》主要探讨了干宝在历史编纂学上的贡献,包括:力诋纪传体,盛誉编年体;首创凡例,以启后学;承前启后,发展史论;工求文笔,叙事简约。曾海龙的《干宝对载籍与信史的区分》认为干宝已触及客体历史与历史记录不一致的思想,而不是从近代才有的这种思想。王彦红的《论〈搜神记〉的史书性质》从作者的身份和创作源起、创作目的、作品真实性和其补充正史的作用等方面论述了《搜神记》的史书性质。

(五) 葛洪研究

葛洪今存诗四首。目前对葛洪的研究主要集中在其生平事迹与葛洪的思想上。

关于葛洪的年谱之作有钱穆的《葛洪年谱》、大渊忍尔的《葛洪年谱》、陈飞龙的《葛洪年谱附著作考》、胡孚琛的《葛洪年谱略述》和丁洪武的《葛洪年表》。此外余嘉锡《疑年录稽疑》、陈国符《葛洪事迹考证》、饶宗颐《〈太清金液神丹经〉与南海地理》、冯汉镛《葛洪曾去印支考》、杨明照《抱朴子外篇校笺》附《葛洪家世》及《葛洪生卒年》、王承文《葛洪晚年隐居罗浮山事迹释证——以东晋袁弘〈罗浮记〉为中心》等对葛洪的生平事迹都有考证和论述。此外，丁洪武《葛洪卒年考》认为葛洪应卒于晋康帝建元元年（343），享年61岁。崔红健《葛洪生卒年考辨》考辨了葛洪的生卒年，认为葛洪应生于西晋武帝太康三年（282），卒于东晋建元元年（343）。

孙亦平的《葛洪与魏晋玄学》将葛洪的道教思想放到与魏晋玄学的相互关系中加以考察，认为葛洪通过借鉴魏晋玄学的养生思想推动了道教仙学的发展。夏德美的《葛洪与玄学》认为葛洪早年受儒家学说熏陶，又是官方道教理论的创立者，在主观上反对玄学所促发的方式，在客观上受到玄学的影响，体现了玄学对当时士人的巨大影响力。郑全的《葛洪的文论思想》论述了葛洪重文、肯定文之价值、重视文之美的文论思想。张媛的硕士学位论文《儒家思想对葛洪的影响》其中有关于葛洪的思想渊源与葛洪的思想特质论述，以及从"儒家伦理道德对道德戒律""儒家宗法观念对建构道教神仙体系""儒家思想对道教俗世化"三个方面论述了儒家思想对葛洪建构道教理论的影响。

由此可见，由于葛洪存诗太少，而且也都与神仙、药池、炼丹有关，因而对其诗歌的分析也就很少，但笔者认为也可以对其进行必要的分析。

(六) 庾阐研究

庾阐出身较为高贵，是"颍川人，太尉（庾）亮之族也"，也是庾氏家族唯一被列入《晋书·文苑传》的文人。与同时代玄理十足的诗风相较，庾阐的诗更具有清新活泼之美。就笔者所能看到的文章，主要集中在对他的诗中山水描写的研究和他诗歌的艺术特色研究上，以及对他的《为郗鉴作檄李势文》的篇题考辨研究。

郎晓斌的《论庾阐山水诗的先驱作用》梳理了从《诗经》《楚辞》到汉代散体大赋到邺下文人集团诗中关于山水景物的描写。分析了庾阐的《三月三日临曲水诗》《三月三日诗》，并拿其与同时代、同题材的陆机的《三月三日诗》、潘尼的《三月三日洛水作诗》等诗进行了比较，证明庾阐的诗更为清新生动、艺术水平更高。又因其创作数量较多，故作者认为庾阐称得上是山水诗重要的先驱作家。

杨健的《别具一格的"中兴之时秀"——论庾阐诗歌创作三论》将庾阐现存的 20 首诗歌分为两类，即游仙诗和行事诗。论述了游仙诗的特色，包括庾阐游仙诗多写仙境之景，较少关切列仙之趣；其诗篇体清淡，少寄托；其六言非骚体游仙诗自成一家。也论述了庾阐登临、游览的行事诗的特色及影响，包括其"记游—写景"模式对谢灵运山水诗的结构产生的重要影响；注重对景物的细腻描绘，语词开始注重雕饰，追求骈偶。此外，还探索了庾阐诗歌流传的原因是其内具才质、外托门阀。赵晓兰、佟博的《〈成都文类〉所载庾阐〈为郗鉴作檄李势文〉考辨》在《成都文类》卷四十七载的庾阐的《为郗鉴作檄李势文》中有"翼以下才，任符分陕"，其中"翼"为伐蜀主帅自称，与篇题中之"郗鉴"不符，因而认为篇名有误。而且又发现《全晋文》卷三八也载此文,题作《为庾稚恭檄蜀文》。庾翼的字恰为稚恭。作者通过《晋书》庾翼的生平事迹考知,《成都文类》所载的《为郗鉴作檄李势文》之篇题有误,"为郗鉴作"当题为"为庾翼(稚恭)作"。

笔者认为,庾阐的诗风清新明丽,对于这种不同于主流的玄理诗风的诗歌本身研究还不够,在意象、语词的运用方面,特别是其注重"情"的部分,还有可研究的地方。

(七)曹毗研究

曹毗今存有二十余首诗,较有文采。现今对他的研究还很少,就笔者所能看到的只是关于他的生卒年问题的考证研究。

张可礼的《许询生年和曹毗卒年新说》中先陈述了曹道衡在《晋代作家六考》一文中的见解:"那么他很可能活到穆帝升平(357—360)年间或稍后一些时间。"然后又通过《请雨文》和《晋书·乐志》考知,太元八年(383)曹毗尚在世,其卒年肯定在太元八年(383)以后,而曹道衡的"升平(357—360)年间或稍后一些时间"与实际卒年至少相差二十多年。而任丽丽的《曹毗生卒年考证》通过对《晋书·孝武帝纪》《晋书·职官志》的史料分析,认为曹毗的卒年应在383年前后,生年应在300年前后。

笔者认为,关于曹毗的诗歌研究还有待于进一步挖掘。

(八)李充研究

李充今存诗三首。就笔者所能看到的关于李充的研究文章只有一篇,即吴朝墩、付瑛的《李充籍贯考》,此文确定李充为河南信阳人。

(九) 温峤研究

温峤诗歌今仅存《回文虚言诗》两句。2001年2月,在南京发现了温峤墓,因而对其家世与生平经历的详细梳理和考证也渐渐出现。

杨映琳的《南京出土的东晋温峤墓评析》从南京出土的温峤墓志入手,分析了温峤的出身、起家与婚嫁,并进一步评价了温峤其人。王志高的《试论温峤》也是依据南京出土的温峤墓,对温峤家世、事迹和葬地进行了比较全面的考察。

以上是笔者对永嘉之际的诗人所做的研究现状考察。另外,关于杨方的单篇研究论文还没有,因此也就无需做研究现状考察。

(本文部分内容发表于《北方文学》和《青年文学家》)

附录二

李仁老与陶渊明人格精神之比较
——以《归去来兮辞》为中心

孙耀庆

陶渊明的《归去来兮辞》是中国文学史上的不朽名篇，欧阳修曾盛赞"晋无文章，惟陶渊明《归去来兮辞》一篇而已"[①]。之后，苏轼创作《和归去来辞》，成为中国最早的"和陶辞"。高丽朝中期，苏轼诗文传到韩国，致其人其诗风靡一时，出现"夫文集之行乎世，亦各一时所尚而已，然古今以来，未若东坡之盛行，尤为人所嗜也"之盛况。李仁老仿效苏轼作《和〈归去来辞〉》，成为韩国第一首"和陶辞"，继李仁老之后，韩国"和陶辞"层出不穷，达 127 篇[②]，以《归去来兮辞》为中心的酬唱之作达 400 余篇[③]，且大都以陶渊明为人生榜样。陶渊明《归去来兮辞》与李仁老《和〈归去来辞〉》在中韩两国均是首创，展示了两位诗人迥异的人格精神。

[①] 袁行霈：《陶渊明集笺注》，中华书局 2003 年版，第 477 页。
[②] （韩）金周淳：《苏东坡与李仁老〈和归去来辞〉之比较研究》，《第三届宋代文学国际研讨会论文集》，2003 年，第 532 页。
[③] （韩）南润秀：《韩国的和陶辞研究》，亦乐出版社 2004 年版，第 15 页。

一 何以"归去来"

据史书载,陶渊明一生两仕两隐。第一次"以亲老家贫,起为州祭酒",因"不堪吏职"而"少日自解归"。辞彭泽令归隐而作《归去来兮辞》是第二次。晋安帝义熙元年(405),陶渊明41岁①,八月任彭泽令,十一月弃官归田。关于其出仕之原因,《归去来兮辞·序》有记载:"余家贫,耕植不足以自给。幼稚盈室,瓶无储粟,生生所资,未见其术。亲故多劝余为长吏,脱然有怀,求之靡途。会有四方之事,诸侯以惠爱为德,家叔以余贫苦,遂见用于小邑。于时风波未静,心惮远役,彭泽去家百里,公田之利,足以为酒,故便求之。"然而陶渊明"历览千载书,时时见遗烈。高操非所攀,谬得固穷节"②,秉持"君子固穷"之操守,即使再多出仕的直接动因也会因其"质性"而消失殆尽,很快陶渊明便弃官归田了。原因有二:一是"质性自然,非矫厉所得"③。因为其"尝从人事,皆口腹自役"④,违背了本身坦率之本性,辜负了平生之素志,故而要打破束缚、解脱自我,辞官归隐。二是"程氏妹丧于武昌,情在俊奔"。陶渊明与程

---

① 参见(南朝)沈约《宋书·隐逸传·陶渊明传》:"潜,元嘉四年卒,时年六十三。"
② 陶渊明:《癸卯岁十二月中作与兄弟敬远》,袁行霈撰《陶渊明集笺注》,中华书局2003年版,第206-207页。
③ 陶渊明:《归去来辞序》,袁行霈撰《陶渊明集笺注》,中华书局2003年版,第460页。
④ 同③。

氏妹"特百常情"①,"爰从龆识,抚鬓相成"②,感情甚笃,闻知其死讯,痛惜之情不能自已,自然会放下一切前去哀悼。

关于李仁老辞官归隐及作《和〈归去来辞〉》的时间,史无明确记载。《高丽史·李仁老传》:"李仁老,字眉叟,初名得玉。平章事颃之曾孙,自幼聪悟,能属文,善草隶。郑仲夫之乱,祝发以避,乱定归俗。明宗十年,擢魁科,补桂阳管记,迁直史馆,出入史翰凡十有四年。与当世名儒吴世才、林椿、赵通、皇甫抗、咸淳、李湛之结为忘年友,以诗酒相娱,世比'江左七贤'。神宗朝,累迁礼部员外郎。高宗初,拜秘书监右谏议大夫,卒年六十九。"③ 李仁老生于毅宗七年(1152),郑仲夫之乱发生于毅宗二十四年(1170),此时李仁老19岁,"祝发以避",还未登上仕途,也就不存在辞官归隐的问题了。明宗十年(1180),李仁老29岁,他开始登上仕途,"出入史翰凡十有四年",即在明宗二十四年(1194),李仁老43岁时,他不再在直史馆任职。神宗在1197年继位,李仁老才累迁"礼部员外郎"。那么在明宗二十五年至二十七年(1195—1197),李仁老身在何处呢?据"(李仁老)与当世名儒吴世才、林椿、赵通、皇甫抗、咸淳、李湛之结为忘年友,以诗酒相娱,世比'江左七贤'"可知,李仁老在此三年间辞官归隐,与其他志气相投之士诗酒唱和,《和〈归去来辞〉》应作于准备归隐或刚归隐之时,时间应在明宗二十五年(1195),此时李仁老44岁。

李仁老辞官归隐,主要与当时的政治环境有关。毅宗时重文臣轻武官,毅宗二十四年(1170)八月毅宗到普贤院游玩,令侍臣行酒,

---

① 陶渊明:《祭程氏妹文》,袁行霈撰《陶渊明集笺注》,中华书局2003年版,第541页。
② 同①。
③ (朝鲜)郑麟趾著,孙晓主编:《高丽史》第8册,西南大学出版社、人民出版社2004年版,第3134页。

酒酣之际,"命武臣为五兵手搏戏"① 彻底激起了武夫的愤怒,引发了郑仲夫、李高、李义方等人叛乱,接着郑仲夫等武官立王晧为王,也就是之后的明宗。明宗继位,即任郑仲夫、卢永醇、梁淑为参知政事,李高为大将军卫尉卿,李义方为大将军殿中监,"其余武夫,超资越序,职兼华要者,不可胜数"②。至此武官掌权,文臣不断受到迫害,有的文臣蒙冤被杀,有的文臣惨遭流放。李仁老乃文臣出身,自然会被武官视为眼中钉、肉中刺,深处官场的他已是举步维艰。加之,"王凡用人唯与嬖臣、宦竖议,亲署参官以上,其草直付政曹,名曰下批。政曹据草誊写,更无奏议。由是奔竞成风,贿赂公行,贤否混淆。嬖臣、宦竖,有所请托,王问曰得赂几何,多则喜从其请,否则延时日,以冀其多。故宦寺盗主权作威福,甚于前朝"③。权臣相继执政,卖官鬻爵,浊乱朝纲,"报恩心款款"④ 的李仁老早已"如今厌矛盾"⑤ 了。为了保全自己,为了远离污浊,他决定归隐。

综上,陶渊明《归去来兮辞》是其第二次归隐而作,时年41岁;李仁老《和〈归去来兮辞〉》是其第一次归隐而作,时年44岁。就归隐原因来看,李仁老志归隐主要是受当时政治环境影响,高丽明宗时武官把持朝政,大肆杀戮文臣,李仁老为全身远祸而归隐,属于被动归隐。而陶渊明虽然也受到了政治环境的影响,但却不是其归隐的决定性因素。陶渊明两次归隐,一次是"自解而归"⑥,一次是"自

---

① (朝鲜)郑麟趾著,孙晓主编:《高丽史》第2册,西南大学出版社、人民出版社2004年版,第588页。
② 同①,第590页。
③ 同①,第627页。
④ 李仁老:《献时宰回文》,《东文选》卷九,朝鲜群书大系统第八辑,第1册,朝鲜古书刊行会,第161页。
⑤ 李仁老:《赠四友仿乐天》其一,《东文选》卷四,朝鲜群书大系统第八辑,第1册,朝鲜古书刊行会,第52页。
⑥ (唐)李延寿:《南史》卷七十五,列传第六十五,中华书局1975年版,第1856页。

免去职"①，均属于主动归隐。《南史·陶渊明传》载："江州刺史檀道济往候之，偃卧瘠馁有日矣，道济谓曰：'夫贤者处世，天下无道则隐，有道则至。今子生文明之世，奈何自苦如此。'对曰：'潜也何敢望贤，志不及也。'道济馈以粱肉，麾而去之。"②可见，陶渊明之于仕宦，不管天下"有道"还是"无道"，均"志不在此"。而李仁老则不然，其"从宦三十年，低徊郎署，须发尽白"③，是热衷于仕途的。

二　穿越千年之精神对话

　　李仁老归隐在某种程度上受到了陶渊明的影响，如其所说："归去来兮，陶潜昔归吾亦归。"④李仁老十分仰慕陶渊明，其《卧陶轩记》："夫陶潜晋人也，仆生于相去千有余岁之后，语音不相闻，形容不相接，但于黄卷闲，时时相对，颇熟其为人。"⑤直言自己虽与陶渊明相隔千年，不曾见过其容貌，也不曾听过其语音，但每每看到陶渊明的诗文，总感觉自己与其相距甚近，在心灵上与其实现了共鸣。李

---

①　陶渊明：《归去来辞序》，袁行霈撰《陶渊明集笺注》，中华书局2003年版，第460页。
②　(唐) 李延寿：《南史》卷七十五，列传第六十五，中华书局1975年版，第1857页。
③　(朝鲜) 徐居正编：《东文选》卷六十五，朝鲜群书大系统第十辑，第3册，朝鲜古书刊行会，第446页。
④　李仁老《和〈归去来辞〉》，《东文选》卷一，朝鲜群书大系统第八辑，第1册，朝鲜古书刊行会，第1页。
⑤　同③，第446页。

仁老自言于陶渊明有三不及：一不及其"有天然真去"①的诗篇；二不及其"不为五斗米，折腰向乡里小儿"②的洒脱姿态；三不及其"高风逸迹"③为世人所仰戴。于是，李仁老"因取山谷集中卧陶轩以名之"④，以期"可以拍陶潜之肩矣"⑤。李仁老之所以仰慕陶渊明，主要是因为陶渊明实现了他潜意识里想要实现的愿望，即归隐。

李仁老在书楼"偶阅《五柳先生集》有《桃花源记》，反复视之"⑥，遂模仿《桃花源记》所勾勒的仙境"土地平旷，屋舍俨然，有良田美池桑竹之属。阡陌交通，鸡犬相闻。其中往来种作，男女衣着，悉如外人。黄发垂髫，并怡然自乐"⑦而勾勒出《青鹤洞记》"路其狭，才通人行，俯伏经数里许，乃得虚旷之境，四隅皆良田沃壤，宜播植"⑧，"千严竞秀，万壑争流，竹篱茅舍，桃杏掩映，殆非人间世也"⑨的世外之景。李仁老因为仰慕陶渊明的人格与诗文，所以也多效仿其处事方式，陶渊明弃官归田之行为促发了李仁老的归隐意识。

---

① （朝鲜）徐居正编：《东文选》卷六十五，朝鲜群书大系续第十辑，第3册，朝鲜古书刊行会，第446页。
② 同①。
③ 同①。
④ 同①。
⑤ 同①。
⑥ 李仁老：《破闲集》，《韩国文集丛刊》，民族文化推进会，1981年，第89页。
⑦ 袁行霈撰：《陶渊明集笺注》，中华书局2003年版，第479页。
⑧ 同⑥。
⑨ 同⑥。

三 迥异的人生境界

李仁老《和〈归去来辞〉》与陶渊明《归去来兮辞》（以下简称李辞、陶辞）都旨在表达归隐意愿。在形式上，两篇辞作的句法、韵律也基本相同（李辞比陶辞多两句，除了李辞"鹏万里而奚适，鹪一枝而尚宽"[①]一句外，两篇辞作每句句末所用字相同），但两篇辞作却展示了两位诗人迥异的人格精神。

就感情基调而言，陶辞满含着诗人回归田园的喜悦之情，充溢着其从被束缚到获得解脱的轻松自在感。"乃瞻衡宇，载欣载奔；僮仆欢迎，稚子候门"，既有诗人迫不及待地回家的激动之情，也有"僮仆""稚子"盼其归来的欢欣之状。"引壶觞以自酌，眄庭柯以怡颜"描写了诗人刚回到家中的情景，诗人拿着酒壶自斟自饮，欣赏着庭前的花草，不禁面露喜色。"悦亲戚之情话，乐琴书以消忧"叙写了诗人以和亲戚们谈天说地为喜，以用琴书消遣生活为真乐。可见不论是行走在弃官回乡的路上，还是到家之后的情景，以及归隐之后的生活，诗人都乐在其中，喜不自胜。李辞则笼罩着一层浓郁的悲情，表现了诗人孤独难处的落寞感。"才握手而相誓，未转头而皆非"[②]是诗人对瞬息万变政局的感叹，流露出一种无可奈何的惆怅。"摘残菊

[①] 李仁老：《和〈归去来辞〉》，《东文选》卷一，朝鲜群书大系续第八辑，第1册，朝鲜古书刊行会，第1页。

[②] 同[①]。

以为餐,缉破荷而为衣"① 是对归隐生活的描述,"残""破"二字已将诗人穷苦潦倒之状、苦闷惆怅之情尽显无遗。"风斤思郢质,流水忆钟期"② 用了斧挥郢鼻、高山流水两个典故,极言自己虽是匠石、伯牙,但却没有像郢人、子期那样的知己,孑然一身的孤独感跃然而出。

两篇辞作同是写归隐,为何一喜一悲?因为陶渊明"我爱其静,寤寐交挥,但恨殊世,邈不可追"③。他所追求的本就是一种饮酒、耕种、读书、弹琴的恬静生活,甚至为"殊世"不能实现其愿望而感到遗憾,如今弃官归隐乃是其愿望的实现,所以诗人欢欣鼓舞,落之于辞作自然是一种轻松自在的舒适感。而李仁老虽然归隐,但却始终没有忘却世俗,自身并不愿放弃佳肴华衣,也不能忍受独处的寂寞。但他想要保全自己,就必须远离厚禄高官与繁华热闹,因为"人心对面真九疑"④,所以才"望红尘而缩头"⑤,这种理想与现实的矛盾及被迫归隐,令李仁老备感苦闷,落之于辞作自然也就呈现出了一种凄凉的氛围。

就归去之旨趣看,陶渊明归去或是"策扶老以流憩,时矫首而遐观。云无心以出岫,鸟倦飞而知还",或是"农人告余以春及,将有事于西畴",或是"怀良辰以孤往,或植杖而耘耔。登东皋以舒啸,临清流而赋诗"。李仁老归去或是"肯逐情而外获,方收视以内观。

---

① 李仁老:《和〈归去来辞〉》,《东文选》卷一,朝鲜群书大系续第八辑,第1册,朝鲜古书刊行会,第1页。
② 同①。
③ 陶渊明:《时运》,袁行霈撰《陶渊明集笺注》,中华书局2003年版,第8页。
④ 李仁老:《和〈归去来辞〉》,《东文选》卷一,朝鲜群书大系续第八辑,第1册,朝鲜古书刊行会,第2页。
⑤ 同④。

途皆触而无碍，兴苟尽则方还"①，或是"阅虚白于幽室，种灵丹于良畴"②，或是"第宽心于饮酒，聊遣兴于作诗"③。可见，归去之后，两人都有饮酒、作诗之活动。不同的是，陶渊明饮酒实属"性嗜"，作诗也是兴之所至，从中获得心情的愉悦；而李仁老饮酒是为了"宽心"，作诗是为了"遣兴"，带有排遣苦闷的功利目的。陶渊明归去后主要的活动是耕种、赏景，李仁老则是悟道、修身。陶渊明归隐以后每天会拄着手杖到园中散步，累了便就地而歇，抬着头遥望那出岫的飘云，以及那归林的鸟儿。在耕作时节，与农民一起荷锄播种，日落而还。有时也会登上山丘撮口呼啸，亲临水边吟咏赋诗。陶渊明和自然间的田园、山水、草木已然融为一体，自然间的一切是诗人生活中不可或缺的部分，而诗人平静朴素的性格及恬淡旷远的襟怀也与自然间的一切相映成趣。李仁老归去以后每天则是打坐参道，其"思接千载，视通万里"，与万物相游，而没有任何阻碍，直到兴尽才回归现实。诗人有时静坐在一室之内，心中纯净无欲，畅游于无何有之乡，有时到田里去种植灵丹，以求长生不老之术。可见，陶渊明归去之乐趣乃是与自然合一，李仁老则是与道同游。

就所表达的人生态度看，陶渊明是"聊乘化以归尽，乐夫天命复奚疑"，李仁老是"天地盈虚自有时，行身甘作贾胡留"④。两人都有顺从自然、委运任化的思想，但二人又有所不同。陶渊明乃是"富贵非吾愿，帝乡不可期"，他既不渴慕富贵，也不追求长生不老，沉醉于一种平淡恬静的生活，一种形与心皆不为世俗所役的自然状态；李

---

① 李仁老：《和〈归去来辞〉》，《东文选》卷一，朝鲜群书大系续第八辑，第1册，朝鲜古书刊行会，第1页。
② 同①。
③ 同①。
④ 同①。

仁老则是"功名须待命，迟暮宜归休"①，他因进取无望而决定顺从客观规律，在迟暮之年回家休息，所遵循的是一种人自身发展的规律事实。另外，李仁老对求仙访道之事也颇为热衷，其《文机障子》中"桃熟已敎金母献，曲高新自月娥传。寿杯浮动南山影，奉祝天皇八万年"②便是其对仙境欢腾热闹景象的想象，表现了其位列仙班的愿望；《月季花》中的"万斛丹砂问葛洪，何年深窨小园中"③和《初到孟州造贡墨处》中的"雉川腰绶白云边，手采丹砂欲访仙"④均写其欲访仙求道的志向。李仁老《读陶潜传戏成呈崔太尉》："酒中有何好，此语近真趣。可笑陶渊明，无钱尚嗜酒。我性淡无欲，于物不见囿。不醉亦不醒，径到无何有。"⑤陶渊明饮酒乃是个人嗜好，不会因有钱无钱而改变，是性情使然；李仁老饮酒则是为了在半醉半醒的状态中畅游无何有之乡。故而，陶渊明之自然思想反映在人生态度上，应是回归自我，追求生活的真实，表现出朴素的状态；李仁老的自然思想反映在人生态度上，应是超越自我，解除外物所累，探求脱尘的仙境，表现出飘飘然的状态。

综上，陶渊明与李仁老之"归去来"都实现了其远离官场的目的。不同的是，陶渊明将"归去来"视作其人生的最终归宿，如其在《乙巳岁三月为建威参军使都经钱溪》所说："田园日梦想，安得久离

---

① 李仁老：《和〈归去来辞〉》，《东文选》卷一，朝鲜群书大系续第八辑，第1册，朝鲜古书刊行会，第1页。
② （朝鲜）徐居正编：《东文选》卷十三，朝鲜群书大系续第十辑，第1册，朝鲜古书刊行会，第240页。
③ （朝鲜）徐居正编：《东文选》卷二十，朝鲜群书大系续第十辑，第1册，朝鲜古书刊行会，第367页。
④ 同③。
⑤ （朝鲜）徐居正编：《东文选》卷四，朝鲜群书大系续第八辑，第1册，朝鲜古书刊行会，第53页。

析？终怀在归州，诚哉宜霜百！"① 诗人沉醉于其中而喜不自胜，以积极之态度面对，将自己与自然融为一体，实现了"天人合一"。李仁老之"归去来"是其在欲仕不得的无奈境况下做出的选择，其《逍遥堂》"大瓠宜从江海浮，散材宁畏斧斤求。彷徨无为物莫累，此是庄叟逍遥游。蟪蛄那肯识春秋，坳堂杯水芥为舟。解笑鹍鹏击万里，蓬蒿深处有鹓鸠"② 明显地反映出其退而求其次的态度。诗人处于欲仕欲隐的尴尬境地，为排遣苦闷而静坐参道，而畅想于一个无何有之乡，实现精神上的逍遥游，达到与道同游。

（本文英文版发表于《澳中学刊》2016年第2期）

---

① 袁行霈撰：《陶渊明集笺注》，中华书局2003年版，第210页。
② （朝鲜）徐居正编：《东文选》卷二十，朝鲜群书大系统第八辑，第1册，朝鲜古书刊行会，第371页。

附录三

刘宋琅琊王氏作家考述

孙耀庆

魏晋以来,琅琊王氏鼎盛显赫,位于四大盛门"王谢袁萧"之首。但与其政治地位不相称的是其文学地位,展开文学史,出自于王氏子弟的作品寥寥无几。胡应麟亦谓:"王、谢江左并称。诸谢纵横《文选》,而王氏一何寥寥也。"[1] 其实王氏子弟中亦不乏擅文写诗、名胜彬彬者,诚如胡应麟所说:"宋、齐间王氏差著,僧达、僧孺、僧绰、僧虔、融、俭、摛、筠、微、籍辈,俱以文学显。"[2] 但遗憾的是,王氏子弟中有诗文禀赋者皆早丧,未能尽其才也。此文就刘宋时期三位王氏子弟即王韶之、王微、王僧达进行考述,知其人、论其诗,以期以一隅而窥全貌。

---

[1] (明)胡应麟:《诗薮》,中华书局1958年版,第145页。
[2] 同[1]。

一 王韶之

王韶之（380—435），字休泰，今山东临沂人。祖父王羡之，官至镇军将军掾。其父王伟之，曾任乌程令，官至郎中令。《南史》载，王伟之"少有志尚，当世诏命表奏，辄自书写。泰元、隆安时事，大小悉撰录"①。受父亲的影响，王韶之"家贫好学，尝三日绝粮而执笔不辍"②，"好史籍，博涉多闻"③。

关于王韶之仕宦经历，《南史》载，王韶之"初为卫将军谢琰行参军"④。《晋书·谢琰传》："王恭举兵，假琰节，都督前锋军事。恭平，迁卫将军、徐州刺史、假节。"⑤据此可知，王韶之首次做官是任谢琰行参军一职，而谢琰被授予卫将军之职是在王恭叛乱被平定之后，即隆安二年（398），王韶之时19岁。在任谢琰行参军期间，王韶之"得父旧书，因私撰《晋安帝阳秋》"⑥，"及成，时人谓宜居史职，即除著作佐郎，使续后事，讫义熙九年（413）"⑦。《南史·荀伯子传》载："著作郎徐广重其才学，举伯子及王韶之并为佐郎，助撰

---

① （唐）李延寿：《南史》，中华书局1975年版，第661页。
② 同①。
③ 同①。
④ 同①。
⑤ （唐）房玄龄：《晋书》第7册，中华书局1974年版，第2078页。
⑥ 同①。
⑦ 同①。

晋史及著桓玄等传。"① 可知，王韶之因撰《晋安帝阳秋》而被重视，为徐广举荐任著作佐郎。又谢琰于隆安四年（400）去世，王韶之任著作佐郎应在此之前，所以王韶之任谢琰行参军应不超过两年，而任著作佐郎十三年有余。在这十余年里，他每天浸泡于史书，积淀了渊博的学识，练就了精炼的文笔。

义熙十一年（415），"宋武帝以韶之博学有文辞，补通直郎，领西省事，转中书侍郎"②。义熙十四年（418），王韶之受刘裕之密令，鸩毒晋安帝。晋恭帝继位，王韶之又迁黄门侍郎，领著作郎，仍领西省事，"凡诸诏黄皆其辞也"③。永初元年（420），刘裕受禅，王韶之作《为晋恭帝禅诏》《禅策》《玺书禅位》，"加骁骑将军、本郡中正，黄门如故，西省职解，复掌宋书"④。同年，"有司奏东冶士朱道民禽三叛士，依例放遣"⑤，王韶之作《请定不赎罪四条启》以辩。又作《驳王寔之请假事》，驳斥员外散骑侍郎王寔之请假。《宋书·乐志》载："宋武帝永初元年（420）七月，有司奏：'皇朝肇建，庙祀应设雅乐，太常郑鲜之等八十八人各撰立新哥。黄门侍郎王韶之所撰哥辞七首，并合施用。'诏可。十二月，有司又奏：'依旧正旦设乐，参详属三省改太乐诸哥舞诗。黄门侍郎王韶之立三十二章，合用教试，日近，宜逆诵习。辄申摄施行。'诏可。"⑥ 仅一年时间，王韶之即作文五篇，撰歌词七首，立歌舞诗三十二章，虽然大都是讨论政事、歌功颂德的应用文字，但倘若没有扎实的文学功底，亦难以为之。

永初二年（421），因使用玉玺加封镇西司马、南郡太守王华而误

---

① （唐）李延寿：《南史》，中华书局1975年版，第856页。
② 同①，第662页。
③ 同②。
④ （南朝）沈约：《宋书》，中华书局1974年版，第1625页。
⑤ 同④。
⑥ 同④，第541页。

封了北海太守刘球，王韶之被免除黄门侍郎一职。永初三年（422），宋少帝继位，王韶之迁侍中郎，仍任骁骑将军。景平元年（423），出为吴兴太守。王韶之在撰写晋史时曾"序王珣货殖，王廞作乱"①，少帝继位，王珣之子王弘、王廞之子王华一时华贵，王韶之深为忧虑，怕被陷害，《宋书·王韶之传》云："韶之在郡，常虑为弘所绳，夙夜勤厉，政绩甚美，弘亦抑其私憾。"②"在任积年，称为良守，加秩中二千石"③。《南史·孝义·吴逵传》载："吴逵，太守张崇之三加礼命，太守王韶之擢补功曹史。逵以门寒，固辞不就。举为孝廉。"④王韶之有文《临郡察潘综吴逵孝廉教》、诗《赠潘综吴逵孝廉》六章。可见，王韶之在任吴兴太守时，除了"政绩甚美"外，还向朝廷广荐人才。元嘉十年（433），王韶之被征为祠部尚书，加给事中。后"坐去郡长取送故，免官"⑤。元嘉十二年（435），又出为吴兴太守，同年卒于任上，年五十六。

王韶之一生著述颇丰。《南齐书·乐志》载，王韶之造七庙登歌七篇。⑥宋黄门郎王韶之造《肆夏》四章，行礼一章，上寿一章，登歌三章，食举十章，前后舞歌一章。⑦《隋书·经籍志二》载，王韶之撰《晋纪》十卷⑧，《孝子传赞》三卷⑨。《隋书·经籍志四》载，又有宋《王韶之集》二十四卷，亡⑩。王韶之撰《晋宋杂诏》⑪。《新

---

① （唐）李延寿：《南史》，中华书局1975年版，第662页。
② （南朝）沈约：《宋书》，中华书局1974年版，第1626页。
③ 同②。
④ 同①，第1803页。
⑤ 同①，第662页。
⑥ （南朝梁）萧子显：《南齐书》，中华书局1972年版，第179页。
⑦ 同⑥，第185页。
⑧ 同⑥，第958页。
⑨ （唐）魏徵、令狐德棻：《隋书》，中华书局1973年版，第976页。
⑩ 同⑨，第1071页。
⑪ 同⑨，第1087页。

唐书·艺文志二》载,王韶之撰《崇安记》① 十卷,《孝子传》十五卷②。

王韶之今存作品,以歌舞诗最多,内容多为统治者祈福求德,希冀帝业绵延永世。如《前舞歌》:"于赫景明,天监是临。乐杰伊阳,礼作惟阴。歌自德富,舞由功深。庭列宫县,陛罗瑟琴。翿籥繁会,笙磬谐音。箫韶虽古,九成在今。导志和声,德音孔宣。光我帝基,轩灵配乾。仪弄六合,化穆自然。如彼云汉,为章于天。熙熙万类,陶和当年。击辕中韶,永世弗骞。"③ 该诗描绘了在当世皇帝的清明统治下,琴瑟谐音,笙箫和睦,一片歌舞升平的景象,末尾几句则是祈求上天保佑帝业永存。作为歌舞诗来说,此诗炼字锻辞,古雅有余,陈事述情,规模宏远。

王韶之存诗两首《赠潘综吴逵举孝廉诗》:"东实惟金,南木有乔。发辉曾崖,竦干重霄。美哉兹土,世载英髦。育翿幽林,养音九皋。唐后明敫,汉宗蒲轮。我皇降鉴,思乐怀人。群臣兢兢,旧章惟新。余亦奚贡,日义与仁。仁义伊在,惟吴惟潘。心积纯孝,事著艰难。投死如归,淑问若兰。吴实履仁,心力偕单。固此苦节,易彼岁寒。霜雪虽厚,松柏丸丸。人亦有言,无善不彰。二子徽猷,弥久弥芳。拔业出类,景行朝阳。谁谓道遐,弘之则交。咨尔庶士,无然怠荒。江革奉挚,庆禄是荷。姜诗入贡,汉朝咨嗟。勖哉行人,敬尔休嘉。俾是下国,炤辉京华。伊余朽骀,窃服惧盗。无能礼乐,岂暇声教。顺疲康夷,懿德是好。聊缀所怀,以赠二孝。"④ 以吴兴人杰地灵为开端,接着高扬统治者广纳人才,随后即盛赞潘综、吴逵仁义智孝

---

① (宋)欧阳修、宋祁:《新唐书》,中华书局1975年版,第1466页。
② 同①,第1480页。
③ (南朝)沈约:《宋书》,中华书局1974年版,第596-597页。
④ 逯钦立辑:《先秦汉魏晋南北朝诗》,中华书局1983年版,第1187页。

兼备，志气节操并举，有明礼乐、化风俗之影响。王韶之还存有《咏雪离合诗》，诗曰："霰先集兮雪乃零，散辉素兮被檐庭。曲室寒兮朔风厉，州陆涸兮群籁鸣。"① 这首离合诗，虽为游戏之作②，但体物写景较佳。

由上可知，王韶之一生著述累累，观其著作，多与其仕宦经历有关。任著作郎，故有《晋纪》；任黄门侍郎，故多做歌舞乐诗；任吴兴太守，故有推举孝廉之诗及文。其既有史学的功底与理致，亦有文学的素养与情思，是为文史之才。

二 王微

王微（415—453），字景玄，今山东临沂人。祖父王珣，伯父王弘。父王孺，官至光禄大夫。王微"少好学，无不通览"③，善属文，能书画，解音律，晓医方，通阴阳术数，乃全才也。

《宋书·王微传》载："年十六，州举秀才，衡阳王义季右军参军，并不就。起家司徒祭酒，转主簿，始兴王浚后军功曹记室参军，太子中舍人，始兴王友。父忧去官，服阕，除南平王铄右军咨议参军。微素无宦情，称疾不就。仍除中书侍郎，又拟南琅琊、义兴太

---

① 逯钦立辑：《先秦汉魏晋南北朝诗》，中华书局1983年版，第1187页。
② 第一句首字"霰"去掉第二句首字"散"，则为"雨"。第三句首字"曲"去掉第四句首字"州"（实为川，州陆涸意为去掉三点水），则为"彐"。而"雨""彐"相合便成"雪"字。
③ （南朝）沈约：《宋书》，中华书局1974年版，第1664页。

守，并固辞。"① 王微虽出身官宦世家，但却无意仕途。"并不就""称疾不就""并固辞"，这不是为博名声而故作的谦辞，而是其确实"素无宦情"。究其原因有二：第一，王微身体虚弱，难以支撑。《报何偃书》曰："至于生平好服上药，起年十二时病虚耳"②，"而顷年婴疾，沉沦无已，区区之情，竭于生存，自恐难复，而先命猥加，魂气褰篡，常人不得作常自处疾苦，正亦卧思已熟，谓有记自论。"③《与从弟僧绰书》曰："疹疾日滋，纵恣益甚"④，"吾亦自揆疾疹重侵，难复支振，民生安乐之事，心死久矣。"⑤ "半夕安寝，便以自度，血气盈虚，不复稍道，长以大散为和羹"⑥，"足不能行，自不得出户，头不耐风，故不可扶曳。"⑦《以书告弟僧谦灵》曰："吾长病。"⑧《与江湛书》曰："自知寿不得长。"⑨ 可见，王微从小身体羸弱，患病不起，饱受疾苦，需要服药维持。身处官场，政务繁多，劳心费神，王微身体难以支撑，故一再却官。第二，王微有高逸之志，不愿为尘世所累。《宋书·王微传》载："微常住门屋一间，寻书玩古，如此者十余年。"⑩ 如无高逸之志，又怎能耐得住十余年的寂寞？《报何偃书》曰："吾实倦游医部，颇晓和药，尤信《本草》，欲其必行，是以躬亲，意在取精。"⑪ "又性知画缋，盖亦鸣鹄识夜之机，盘纡纠纷，或记心目，故兼山水之爱，一往迹求，皆仿像也。不好诣

---

① （南朝）沈约：《宋书》，中华书局 1974 年版，第 1664-1665 页。
② （清）严可均辑：《全宋文》，商务印书馆 1999 年版，第 177 页。
③ 同②。
④ 同②，第 175 页。
⑤ 同④。
⑥ 同④。
⑦ 同④。
⑧ 同④。
⑨ 同②，第 174 页。
⑩ 同①，第 1670 页。
⑪ 同②。

人，能忘荣以避权右，宜自密应对举止，因卷惭自保，不能勉其所短耳。"① 躬亲采药，专研医术，登山临水，摹画写意，皆高逸之趣也。《以书告弟僧谦灵》曰："方欲共营林泽，以送余年。"② 更直接表明其远离尘俗、隐逸于临泽之地的志向。

王微年三十八即卒，如果说常年累病、身体羸弱是其早逝的根本原因，那么其弟僧谦之死便是其辞世的催化剂。《宋书·王微传》载："弟僧谦，亦有才誉，为太子舍人，遇疾，微躬自处治，而僧谦服药失度，遂卒。微深自咎恨，发病不复自治。"③ 其实除了"咎恨"之外，还有别的原因。《以书告弟僧谦灵》曰："寻念平生，裁十年中耳。然非公事，无不相对，一字之书，必共咏读；一句之文，无不研赏，浊酒忘愁，图籍相慰，吾所以穷而不忧，实赖此耳。"④ "吾穷疾之人，平生意志，弟实知之。端坐向窗，有何慰适，正赖弟耳。"⑤ 子期死，伯牙破琴绝弦，终身不复鼓；郢人死，匠石无以为质，无与言之。僧谦一死，王微平生之素志无人知晓，诚如他自己所说："谁复视我，谁复忧我！"⑥ 于是万念俱灰，"发病不复自治"，在僧谦死后四旬而终。否则，以王微自身之医术，精心调养，亦不至此。

《隋书·经籍志》载，《王微集》十卷⑦。今存诗五首：《杂诗》二首和《四气诗》《咏愁诗》《七襄怨诗》。存文九篇：《与江湛书》《与从弟僧绰书》《报何偃书》《以书告弟僧谦灵》《茯苓赞》《禹余粮赞》《桃饴赞》《黄连赞》《遗令》。钟嵘《诗品·序》："陆机《文

---

① （清）严可均辑：《全宋文》，商务印书馆 1999 年版，第 177 页。
② 同①，第 178 页。
③ （南朝）沈约：《宋书》，中华书局 1974 年版，第 1670 页。
④ 同①，第 177-178 页。
⑤ 同①，第 178 页。
⑥ 同⑤。
⑦ （唐）魏徵、令狐德棻：《隋书》，中华书局 1973 年版，第 1073 页。

赋》,通而无贬;李充《翰林》,疏而不切;王微《鸿宝》,密而无裁;颜延论文,精而难晓;挚虞《文志》,详而博赡,颇曰知言:观斯数家,皆就谈文体,而不显优劣。"① 可知,王微亦有论文体之作《鸿宝》,且此著作讲得细致,没有裁断,可惜今已不存。

关于王微的文学思想,我们在《与从弟僧绰书》中可略知一二。《宋书·王微传》载:"微既为始兴王浚府吏,浚数相存慰,微奉答笺书,辄饰以辞采。微为文古甚,颇抑扬,袁淑见之,谓为诉屈。"② 王微因此作《与从弟僧绰书》曰:"吾少学作文,又晚节如小进,使君公欲民不偷,每加存饰,酬对尊贵,不厌敬恭。且文词不怨思抑扬,则流澹无味。文好古,贵能连类可悲,一往视之,如似多意。当见居非求志,清论所排,便是通辞诉屈邪。"③ 概之,有三:第一,文辞宜抑扬,有辞采;第二,情致宜清怨,多婉曲;第三,为文宜好古,能连类可悲。以下结合王微自身之创作实践,对此试做剖析。

第一,文辞宜抑扬,有辞采。王微认为诗文创作均应饰以辞采,这在他的几篇赞文里表现得尤为明显。《茯苓赞》:"皓皓下居,彤纷上荟。中状鸡凫,具容龟蔡。神侔少司,保延幼艾。终志不移,柔红可佩。"④ "皓""彤""纷""状""容""柔""红"等字都是诗人精心雕琢,如此才更能显示出茯苓容状之美,也才能显示出其医用价值之高。《桃饴赞》:"阿鹿续气,胡胶属弦。未若桃饴,越地通天。液首化玉,酡貌定仙。人知喝日,胡不荫年。"⑤ 桃饴,桃汁。"液首化玉,酡貌定仙"两句极力渲染了桃饴之鲜嫩与功效。王微重视对物象

---

① (南朝)钟嵘著,陈延杰注:《诗品》,人民文学出版社1980年版,第4页。
② (南朝)沈约:《宋书》,中华书局1974年版,第1666页。
③ (清)严可均辑:《全宋文》,商务印书馆1999年版,第175页。
④ 同③,第179页。
⑤ 同④。

细腻描摹，却不一味雕饰，而是将感情贯注于其中，因为有所寄托，才使人读来有抑扬之感，而不至于流瀣无味。

第二，情致宜清怨，多婉曲。王微的诗文重视主体写作之感情，并且此情感呈现出清怨委曲的特征。《杂诗》其二："思妇临高台，长想凭华轩。弄弦不成曲，哀歌送苦言。箕帚留江介，良人处雁门。讵忆无衣苦，但知狐白温。日暗牛羊下，野雀满空圆。孟冬寒风起，东壁正中错。朱火独照人，抱景自愁怨。谁知心思乱，所思不可论。"① 这首诗与"婉转附物，怊怅切情"②的古诗十九首有异曲同工之妙，辞情凄怨，诚如钟嵘所说："务其清浅，殊得风流媚趣。"陈延杰注《诗品》称"王微诗颇婉曲"③。袁淑谓其"诉屈"，亦是指其诗歌多清怨之思。王夫之谓此诗"寄托宛至，而清亘有风度"④。王氏又云："齐、梁以下，一入闺死，即昵昵不耐听。况唐、宋耶！"⑤ 此诗非简单作昵昵之语，而是深含婉转之情致，故而"清亘有风度"。

第三，为文宜好古，能连类可悲。王微谓为文宜古，承诗骚之传统，接魏晋之风流，而尤重后者。古方能生悲，诗文创作应深蕴骨气，有苍凉之感。《以书告弟僧谦灵》曰："（僧谦）常云：'兄文骨气，可推英丽以自许。又兄为人矫介欲过，宜每中和。'"⑥ 这句话道出了王微耿介的个性，同时亦点出了王微的创作风貌，即有"骨气""英丽"。钟嵘《诗品》："文通诗体总杂，善于模拟，筋力于王微，

---

① 逯钦立辑：《先秦汉魏晋南北朝诗》，中华书局1983年版，第1199页。
② （南朝）刘勰著，黄叔琳注：《文心雕龙》，浙江古籍出版社2011年版，第16页。
③ （南朝）钟嵘著，陈延杰注：《诗品》，人民文学出版社1980年版，第45页。
④ （明）王夫之著，李中华、李利民校点：《古诗评选》，上海古籍出版社2011年版，第216页。
⑤ 同④。
⑥ （清）严可均辑：《全宋文》，商务印书馆1999年版，第178页。

成就于谢朓。"① 言江淹从王微诗中获得筋力,亦可证明王微之诗具有骨气。钟嵘《诗品》谓王微"风月"篇,乃"五言之警策者也"②,"风月"篇今已不存,但钟嵘论诗推崇骨力与辞采,可见此篇颇具骨力。

综上,王微主张诗文创作,在文辞上应重藻饰,在情思上应多清怨,在风貌上应有骨力,而其自身之诗文风貌亦是有"骨气"、颇"英丽",其创作实践与诗文主张相合。

三　王僧达

王僧达(423—458),今山东临沂人。祖父王珣官至尚书令,加散骑常侍。父王弘官制太保,领中书令。王僧达"少好学,善属文"③,六七岁时,"遇有通讼者,窃览其辞,谓为有理。及大讼者亦进,弘意其小留左右,僧达为申理,暗诵不失一句"④。宋文帝闻其聪慧过人,召见于德阳殿,问其书学及家事,王僧达皆应对如流,宋文帝颇为喜爱,于是"妻以临川王义庆女"⑤。

《宋书·王僧达传》载,"年未二十,以为始兴王浚后军参军,迁

---

① (南朝)刘勰著,黄叔琳注:《文心雕龙》,浙江古籍出版社2011年版,第49页。
② (清)严可均辑:《全宋文》,商务印书馆1999年版,第5页。
③ (唐)李延寿:《南史》,中华书局1975年版,第573页。
④ 同③,第572页。
⑤ 同④。

太子舍人"①，"寻迁太子洗马，母忧去职"②，"服阕，为宣城太守"③。又《宋书·符瑞志》载："元嘉二十六年四月戊戌，白虎见南琅邪半阳山，二虎随从，太守王僧达以闻。"④可知，在元嘉二十六年（449），王僧达已任宣城太守，又为母服丧三年，故其任太子洗马时应在元嘉二十三年（446）之前，即在其24岁之前。元嘉二十八年（451）春，"索虏寇逼"，王僧达入卫京师，退敌后，仍任宣城太守，但不久便徙任义兴。元嘉三十年（453），太子刘劭弑宋文帝，孝武帝起兵讨伐，王僧达积极响应，孝武帝任其为长史，加征虏将军。同年孝武帝继位，四月，任其为尚书右仆射。六月，出为使持节、南蛮校尉，加征虏将军。闰六月，补护军参军。八月，为征虏将军、吴郡太守。孝建元年（454），因私改碌灵宝官籍事发，被禁锢。孝建三年（456），授太常之职，因不满此职而上表解职，侍中何偃以言辞不逊对其弹劾，又被免官。大明元年（457），迁左卫将军，领太子中庶子，以归顺功封宁陵县五等侯。大明二年（458），迁中书令。同年八月，因高阇事被诬陷，赐死狱中，年仅35岁。

出身于高华门第的王僧达性格狂放，行事乖张。他任太子舍人时，"坐属疾，于杨列桥观斗鸭，为有司所纠，原不问。性好鹰犬，与闾里少年相驰逐，又躬自屠牛"⑤。为母守丧时，"兄锡罢临海郡还，送故及俸禄百万以上，僧达一夕令奴辇取，无复所余"⑥。任宣城太守时，"性好游猎，而山郡无事，僧达肆意驰骋，或三五日不归，

---

① （南朝）沈约：《宋书》，中华书局1974年版，第1951页。
② 同①。
③ 同①。
④ 同①，第809页。
⑤ （唐）李延寿：《南史》，中华书局1975年版，第573页。
⑥ 同⑤。

受辞讼多在猎所。民或相逢不识,问府君所在。僧达曰:'在近后。'"① 刘瑀曾弹劾王僧达曰:"荫籍高华,人品冗末。"②

王僧达自负才气,屡经狂逆。孝武帝继位,王僧达见重,尝答诏曰:"亡父亡祖,司徒司空。"③ 自傲竟至于此。一年内五次升迁,但"弥不得意",任护军将军,不得志,乃作《求徐州启》,曰:"如使臣享厚禄,居重荣,衣狐坐熊,而无事于世者,固所不能安也","护军之任,臣不敢处,彭城军府,即时过立。且臣本在驱驰,非希崇显,轻智小号,足以自安"。④ 孝武帝未许,"僧达三启固陈,上甚不悦"⑤,乃勉强任其为吴郡太守。在任吴郡太守期间,"吴郭西台寺多富沙门,僧达求须不称意,乃遣主簿顾旷率门义,劫寺内沙门竺法瑶得数百万"⑥。由此可见,王僧达擅长"抢劫",不仅抢其兄王锡的俸禄,还劫沙门竺法瑶的钱财,行无特操。吴郡免官后,孝武帝召见,王僧达"傲然了不陈逊,唯张目而视"⑦。待其走出殿外,孝武帝叹曰:"王僧达非狂如何?乃戴面向天子。"⑧ 后来颜师伯去探访他,王僧达竟慨然曰:"大丈夫宁当玉碎,安可以每每求活。"⑨ 颜师伯惊惧,不答而退。私改硃灵宝官籍事发后,王僧达竟上表陈谢云:"不能因依左右,倾权贵。"⑩ 到如此地步,他不知认错悔改,仍作狂妄之语,于是"上愈怒"。后被授予太常之职,王僧达"意忧不悦",上

---

① (唐)李延寿:《南史》,中华书局1975年版,第573页。
② (南朝)沈约:《宋书》,中华书局1974年版,第1310页。
③ 同①。
④ (清)严可均辑:《全宋文》,商务印书馆1999年版,第182页。
⑤ 同②,第1954页。
⑥ 同①。
⑦ 同①。
⑧ 同①,第573-574页。
⑨ 同①,第574页。
⑩ 同①。

表解职，欲以退为进。表云："臣父子叔侄，同获泰辰，造情追寻，归骨之本，欲以死明心，误有余辰……但忽病之日，不敢固辞。故吞诉于鹊渚，饮愧于新亭。及元凶既殄，人神获乂，端右之授，即具陈请。天慈优渥，每越常伦，南蛮、护军，旬月私授。"① 表面看是感恩于孝武帝加授的殊荣，实则是陈说门第之高华、功勋之盛大。"去岁往年，累犯刑禁，理无申可，罪有恒典，虚秽朝序，惭累家业，臣甘其终，物议其尽。"② 乃是为被免官而叫屈。"上甚不悦"，"上愈怒"，终于"上以其终无悛心"，谓其"轻险无行，暴于世谈……公行剽掠，显夺凶党，倚结群恶，诬乱视听"③，将其下狱赐死。纵观王僧达短暂的一生，可谓是大起大落，其起乃是因为其才，其落乃是因为其负其才。身处官场，抱拙藏器、修身克己，乃是全身之计，任才使气、锋芒毕露，终将会酿成生命悲剧。

　　王僧达的思想较为复杂，儒释道兼容。他生在钟鸣鼎食之家，其祖其父皆处高官显职，故王僧达从小服膺儒术，积极进取，欲建功立业，承续门楣之光耀。在少年之时，便"诉家贫，求郡"④；在孝武帝举兵讨伐刘劭之时，毅然去赴义；放狂言"亡父亡祖，司徒司空"，"时期岁五迁，弥不得意"⑤，"除太常，意尤不悦"⑥，对于官位，他始终在孜孜不倦地追求。王僧达又深受魏晋玄风影响，行事放诞不羁。其"性好鹰犬，与闾里少年相驰逐，又躬自屠牛"⑦，"性好游

---

① （清）严可均辑：《全宋文》，商务印书馆1999年版，第181页。
② 同①，第182页。
③ （南朝）沈约：《宋书》，中华书局1974年版，第1958页。
④ 同③，第1951页。
⑤ （唐）李延寿：《南史》，中华书局1975年版，第574页。
⑥ 同⑤，第573页。
⑦ 同⑥。

猎，而山郡无事，僧达肆意驰骋，或三五日不归"①，"性狎山水，偏爱禽鱼"②，行为与阮籍穷途之哭、刘伶醉酒、王子猷雪夜访戴逵颇为相似，任情性而为，追求人生的自适境界。另外，刘宋时期，佛风炽盛，王僧达亦沾染一二。《宋书·王僧达传》载："（刘）义庆闻如此，令周旋沙门慧观造而观之。僧达陈书满席，与论文义，慧观酬答不暇，深相称美。"③慧观，俗姓崔，清河人，初谘慧远，北访罗什，元嘉中，终京师道场寺，今存文《法华宗要序》《修行地不净观经序》《胜鬘经序》。王僧达与之辩论，都能使其折服，可见其佛学造诣亦颇深。王僧达兼容儒释道思想，遗憾其早逝而未能尽其才。

《隋书·经籍志》载，宋护军将军《王僧达集》十卷，梁有录一卷。④王僧达今存诗五首：《释奠诗》《答颜延年诗》《和琅琊王依古诗》《七月夕下诗》《诗》。存文七篇：《答诏》《表谢》《上表解职》《求徐州启》《与沈璞书》《答丘珍孙书》《祭颜光禄文》。

王僧达与颜延之相交甚深，在其被授予太常之职后，颜延之作《赠王太常诗》相送。诗曰："玉水记方流，璇源载圆折。蓄宝每希声，虽秘犹彰彻。聆龙（目祭）九渊，闻风窥丹穴。历听岂多士，唯然观世哲。舒文广国华，敷言远朝列。德辉灼邦懋，芳风被乡䰈。侧同幽人居，郊扉常昼闭。林间时晏开，亟回长者辙。庭昏见野阴，山明望松雪。静惟浃群化，徂生入穷节。豫往诚欢歇，悲来非乐阕。属美谢繁翰，遥怀具短札。"⑤既盛赞王僧达之文辞灿然成章、品高德辉，又陈述二人之深情厚谊，希冀书信不辍。沈德潜谓此诗"用笔太

---

① （唐）李延寿：《南史》，中华书局1975年版，第573页。
② （清）严可均辑：《全宋文》，商务印书馆1999年版，第180页。
③ （南朝）沈约：《宋书》，中华书局1974年版，第1951页。
④ （唐）魏徵、令狐德棻：《隋书》，中华书局1973年版，第1073页。
⑤ 逯钦立辑：《先秦汉魏晋南北朝诗》，中华书局1983年版，第1232页。

重,非诗人本色"①。王僧达作《答颜延年》诗酬谢,诗曰:"长卿冠华阳,仲连擅海阴。珪璋既文府,精理亦道心。君子耸高驾,尘轨实为林。崇情符远迹,清气溢素襟。结游略年义,笃顾弃浮沉。寒荣共偃曝,春醖时献斟。聿来岁序暄,轻云出东岑。麦垄多秀色,杨园流好音。欢此乘日暇,忽忘逝景侵。幽衷何用慰,翰墨久谣吟。栖凤难为条,淑贶非所临。诵以永周旋,匪以代兼金。"②亦表现出光于文府、游于文章之林的愿望,以及奋发向上、位于君子之列的志向。沈德潜谓"亦著意追琢,答颜诗与颜体诗相似"③。即此诗亦"用笔太重",过于注重藻饰与雕琢。王僧达与颜延之友情深厚,亦可见于《祭颜光禄文》,文曰:"明发晨驾,瞻庐望路,心凄目泫,情条云互","衾衽长尘,丝竹罢调。揽悲兰宇,屑涕松峤。古来共尽,牛山有泪。"④言颜延之逝后,自己已是形单影只,孤凤绝侣,曲不成调,悲不自胜。"以此忍哀,敬陈奠馈。申酌长怀,顾望歔欷。"⑤诗人哀恸至极,无以排遣内心之痛,只能唏嘘哀呼、借酒浇愁了。

钟嵘《诗品》将王僧达与谢瞻、谢混、袁淑、王微四人并置于中品,称:"其源出于张华,才力苦弱,故务其清浅,殊得风流媚趣。"⑥又钟嵘谓张华"巧用文字,务为研冶"⑦,"儿女情多,风云气少"⑧。即钟嵘认为王僧达等人之诗,文采有余而骨力不足。就《答颜延年》诗来看,的确是有"风流媚趣""著意追琢"的特点,但谓

---

① (清)沈德潜:《古诗源》,中华书局2005年版,第191页。
② 逯钦立辑:《先秦汉魏晋南北朝诗》,中华书局1983年版,第1240页。
③ 同①,第226页。
④ (清)严可均辑:《全宋文》,商务印书馆1999年版,第183页。
⑤ 同④。
⑥ (南朝)钟嵘著,陈延杰注:《诗品》,人民文学出版社1980年版,第45页。
⑦ 同⑥,第33页。
⑧ 同⑦。

其"才力苦弱",却不尽然。王僧达《和琅琊王依古诗》:"少年好驰侠,旅宦游关源。既践终古迹,聊讯兴亡言。隆周为薮泽,皇汉成山樊。久没离宫地,安识寿陵园。仲秋边风起,孤蓬卷霜根。白日无精景,黄沙千里昏。显轨莫殊辙,幽途岂异魂。圣贤良已矣,抱命复何怨。"① 颇具骨力。"仲秋边风起,孤蓬卷霜根。白日无精景,黄沙千里昏"四句更是营造出一种天地浑然一体、慷慨悲凉的意境,力道苍劲,全然没有柔弱之感。王夫之评曰:"古人诗自有序次者,不唯唐人为然。顾唐人作两三截诗,有缘起,有转入,有回缴。不尔,则自疑其不清!古人但因事序入,或直或纡,前后不劳映带,而自融合,首末结成一片,随手意致自到矣。"② 谓此诗结构完整,浑然一体,非有意而为,乃自然而成。钟嵘《诗品》:"征虏卓卓,殆欲度骅骝前。"③ 谓王僧达之诗卓卓超群,是较为公允的评价。

以上是刘宋时期琅琊王氏中具有代表性的三位作家,他们皆有文才,为时人所重,但遗憾的是皆早丧,未能尽其才。以下是文中所涉及的作家的家世渊源,以便了解彼此之关系:

王览—王正—王虞—王羲之—王伟之—王韶之;

王览—王裁—王导—王洽—王珣—王昙首—王僧绰;

王览—王裁—王导—王洽—王珣—王弘—王僧达;

王览—王裁—王导—王洽—王珣—王孺—王微、王僧谦。

---

① 逯钦立辑:《先秦汉魏晋南北朝诗》,中华书局1983年版,第1240页。
② (明)王夫之著,李中华、李利民校点:《古诗评选》,上海古籍出版社2011年版,第226页。
③ (南朝)钟嵘著,陈延杰注:《诗品》,人民文学出版社1980年版,第45页。

除此之外，刘宋时期琅琊王氏中王弘①、王昙首②、王僧谦③、王僧绰④、王徽⑤、王准之⑥等人，文学成就亦很高。可见，琅琊王氏子弟中不乏诗文兼善者，而非后人认为的王氏子弟不善文也。

---

① 有《集》二十卷。
② 有《集》二卷。
③ 有《集》二卷。
④ 有《集》一卷，曾编纂《颂集》二十卷。
⑤ 有《芍药华赋》《野鹜赋》《与何偃书》。
⑥ 《南史·王准之》："准之兼明《礼》《传》，赡于文辞。"